모르페우스의 문

모르펜우스의 문

소향 소설집

차례

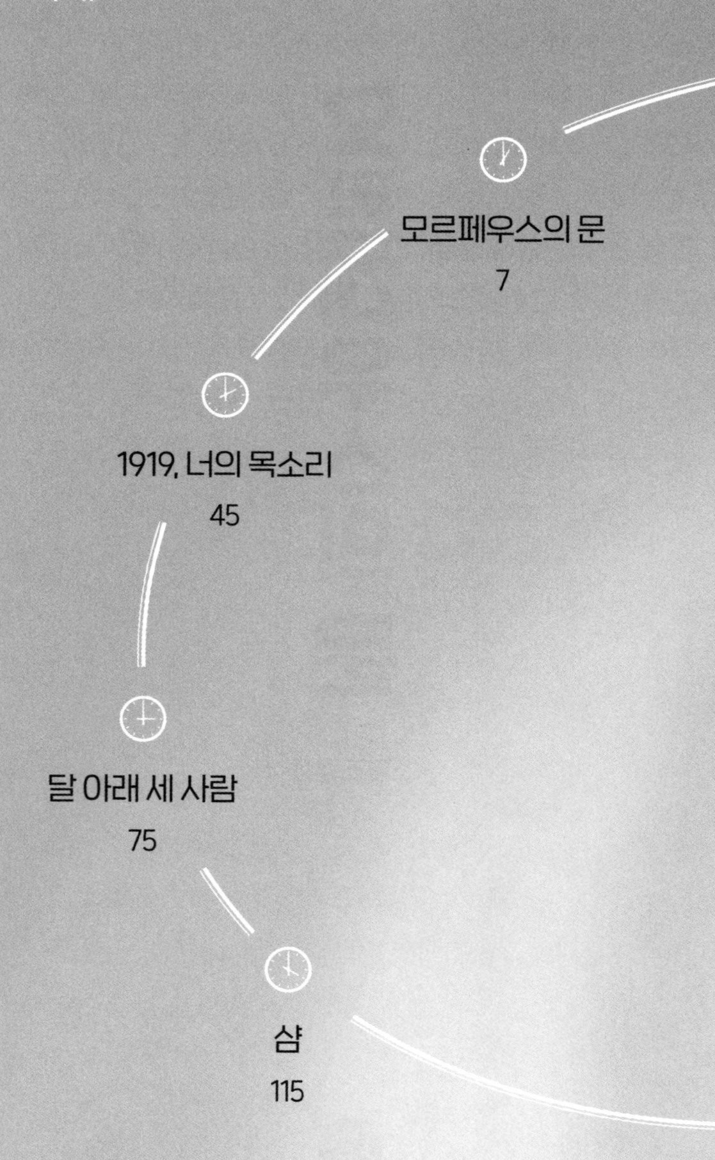

모르페우스의 문

2022년 『이달의 장르소설 4』 수록

진짜 현실 같은 꿈을 꿔 본 적이 있나?
만약 그런 꿈에서 깨어날 수 없다면,
그것이 꿈인지 생시인지 어떻게 알 수 있지?
— 영화 〈매트릭스〉 중 모피어스(Morpheus)의 대사

띠, 띠, 띠, 띠, 띠이.

정각 알림음이 울리자 온주중학교 3학년 4반 담임 주민아는 교실 벽에 걸린 시계를 흘끗 바라보았다.

20XX.06.24. Wed. 5:00 P.M.

지금 바로 출발해도 산부인과 예약 시간을 맞추기는 이미 틀렸다. 적어도 10분 전에는 출발했어야 한다. 민아는 손가락으로 무릎을 두드리다가 김도현을 슬쩍 보았다. 떨리는 손을 숨기려는 듯 주먹을 꽉 쥔, 순하고 착하며 성적도 좋은 아이. 하지만 매사에 한 박자 느리고 눈치가 없는 탓에 반에서 겉도는 아이였다. 말수도 아주 적었다. 그런 도현이 수업이 끝난 뒤 쭈

뻿거리며 찾아와 민아에게 상담을 요청했다. 하필이면 오늘, 정말로 결혼 4년 만에 임신한 게 맞는지 주치의에게 확인받고 싶은 날에.

“얘들아, 벌써 5시다. 늦었는데 어서들 집에 가야지. 선생님도 일이 있어서 가 봐야 해. 좋게 마무리 짓는 게 어떻겠니.”

더위가 시작될 무렵이라 그런지 교실은 네 명의 남학생이 뿜어내는 땀내와 긴장감으로 가득했다. 아무도 대답을 하지 않자 민아가 팔짱을 끼며 말했다.

“휴……. 좋아. 그럼 선생님이 상황을 정리해 볼게. 그러니까 도현이, 상모, 진우, 현호. 너희 넷이 국어 수행평가로 역할극 동영상을 찍었어. 조에 여자가 없다는 이유로 한 명이 여장하기로 했고 그걸 도현이가 하게 되었어. 그런데 영상을 본 도현이가 자신의 모습이 부끄럽다며 다시 찍자고 해서 영상을 새로 찍었어. 그런데 새로 찍은 것 대신 도현이가 지워 달라고 한 걸 수행평가 제출 게시판에 올렸다는 거지? 상모가?”

약간의 침묵이 흐른 뒤 도현이 입을 열었다.

“네. 대본을 상모가 썼는데요. 제 모습이 부끄럽고, 대사도 너무 이상하고……. 도저히 볼 수가 없어서 지워 달라고 했던 거예요. 우리 학교 애들은 벌써 거의 다 본 것 같아요. 놀리는 댓글이…… 많이 달렸어요.”

민아가 회전의자를 다른 세 아이 쪽으로 빙그르르 돌렸다.

"역할은 어떻게 정했어? 혹시 너희들이 도현이한테 억지로 시켰니?"

"아니에요. 가위바위보로 정했어요."

상모와 진우, 현호가 동시에 손사래를 치며 대답했다.

'내가 질 때까지 몇 번이고 다시 해서 정한 거잖아.'

도현은 이 말을 입 밖으로 내고 싶은 것을 꾹 참았다. 처음으로 무리에 끼었을 때 느낀 달콤한 소속감이나 자신을 무시하던 상모가 처음으로 친구라고 불러 준 날의 고마움이 떠올랐기 때문인지도 몰랐다.

"그런데 상모 너는 왜 그 동영상을 올린 거야?"

"실수예요. 처음에 찍은 영상 파일을 깜빡하고 안 지웠다가 잘못 올렸어요."

"어쩌다 그랬어. 애당초 지웠으면 이런 일이 없잖아. 사이버 폭력도 학교폭력인 거 몰라? 그리고 도현이가 내려 달라고 했는데 왜 안 내렸어?"

"어제 학생회 일이 너무 바빠서 깜빡했어요. 죄송해요."

"휴……. 일단 알았어. 도현아, 간디가 그랬다. 용서는 강한 자만이 할 수 있다고. 상모가 영상 지우고 사과하면 용서해 줄 거지?"

"네……. 전 친구들과 화해하고 잘 지내고 싶어요. 선생님."

상모가 도현의 대답이 끝나자마자 말했다.

"지금 바로 지울게요. 도현아, 미안해."

상모는 핸드폰을 몇 번 클릭하더니 화면을 도현과 민아에게 보였다.

"지웠어요."

민아가 두 손을 짝 소리가 나게 모으더니 미소를 띠고 말했다.

"잘됐구나. 상모가 영상 삭제한 거 선생님도 확인했고. 그럼 이제 다 해결된 거지? 잘들 가라. 문단속 잊지 말고."

민아는 아이들에게 휘휘 손짓하고는 서둘러 교실을 떠났다. 민아가 자리를 뜨자마자 구상모는 얼굴을 잔뜩 일그러뜨렸다.

"야, 김도현. 이딴 걸 꼰질러? 내가 내린다고 했으면 잠자코 기다릴 것이지!"

순식간에 변한 상모의 태도에 도현은 놀란 가슴을 누르며 들릴까 말까 한 소리로 말했다.

"네가 계속 알았다고만 하고 안 지우니까…… 나도 어쩔 수 없었어."

그때 도현의 핸드폰이 울렸다. 초등학교 친구 선우에게서 온 메시지였다.

— 도현아, 이거 친구한테 받은 건데. 이거 너 아니야? 지금 조회 수 점점 올라가. 어쩌다 이런 게 온판에 올라간 거야.

속이 철렁 내려앉았다. 메시지를 본 도현의 손이 덜덜 떨렸다. 청소년 커뮤니티 사이트인 온판에 올라간 건 학교 수행평가 게시판에 올라간 것과는 차원이 달랐다.

"사, 상모야, 지금 구성중 다니는 내 친구한테 메시지가 왔는데…… 너 혹시 온판에 그 동영상 올렸어?"

상모의 입가에 비열한 웃음이 스쳐 지나갔다.

"어? 알아 버렸네. 그런데 김도현한테 친구도 있어? 와! 몰랐다, 야!"

도현은 핸드폰을 꽉 움켜쥐고 간신히 입을 열었다.

"도대체 나한테 왜 이러는 거야? 혹시 내가 너한테 잘못한 거 있어?"

"야, 뭐 그렇게 심각해. 그냥 장난 좀 친 거야."

상모가 도현의 한쪽 어깨에 손을 짚으며 말했다. 상모의 손가락이 도현의 어깨를 지그시 파고들었다.

"지금이라도 동영상 내리고 사과하면 없던 일로 할게. 난 그거면 돼."

상모는 도현을 노려보더니 몸이 뒤로 휘청 쏠릴 정도로 도현의 어깨를 밀쳤다.

"야! 내가 장난이라고 했잖아. 장난인데 무슨 사과를 해? 친구끼리 이 정도 장난도 못 쳐? 이런 재미라도 있어야 너랑 같이 놀지. 안 그러냐고!"

도현은 입술을 질끈 깨물었다. 그리고 떨리는 가슴을 간신히 진정시키며 애써 입을 달싹였다.

"지워 줘……. 지금 당장."

"하, 나 진짜. 그래, 그러지 뭐. 그런데 내가 좀 바빠서 말이야. 내일 지울게. 급하면 지금이라도 담임한테 전화해서 얘기하든가. 네 특기잖아, 담임한테 꼰지르기. 그럼 내일 봐, 친구야?"

킥킥킥. 교실을 떠나는 세 아이의 비웃음 소리가 텅 빈 복도에 메아리처럼 울려 퍼졌다.

도현은 떨리는 손으로 선우가 보내 준 메시지의 링크를 클릭했다. 상모가 악의적으로 편집한 영상은 학교 게시판에 올렸던 것보다 더 참담했다. 영상 아래로 댓글이 잔뜩 달려 있었다. 한 문장 한 문장이 가슴을 후벼 파는 것 같았다.

20XX 최고의 짤

아 웃겨 역대급

우리 반 웬만한 여자애보다 이쁘심

이렇게 봐도 봐도 질리지 않는 영상은 처음

벌게진 얼굴로 스크롤을 내리던 도현이 손가락을 뚝 멈추었다. 아파트 이름이 나온 것이다.

헐 나 재 누군지 앎, 좌표: ㅇㅈ시 상록파크

두 볼이 파르르 떨리고 심장이 마구 방망이질 쳤다. 내일 상모가 영상을 지운다고 하더라도 그사이 몇천 명이 볼지, 몇만 명이 볼지 가늠조차 되지 않았다.

시간이 멈춘 듯 고요한 방과 후였다.

도현이 운동장을 달리기 시작했다. 두 발을 힘껏 내디딜 때마다 기억의 조각들이 홀로그램 화면처럼 눈앞에 스쳐 지나갔다.

투명 인간 같았던 수련회, 화장실에 다녀온 사이 누군가 낙서해 놓은 체육복, 어깨를 움츠러들게 하는 비웃음 소리 그리고 온판의 영상과 댓글들.

심장이 물 밖으로 던져진 물고기처럼 펄떡이자 도현은 달리기를 멈추고 잠시 숨을 골랐다. 그리고 본관 3층으로 올라가 교실 앞 복도 창가에 섰다. 창밖에 푸르른 유월의 교정이 펼쳐졌다. 나란히 선 나무들이 저마다 긴 그림자를 드리우고 있었다.

왜 이런 일이 일어난 건지, 왜 아무도 나에게 미안하다고 하지 않는 건지, 이 괴로움은 끝이 있긴 한 건지 도현은 생각하고 생각했다.

잠시 후, 도현이 창밖으로 몸을 던졌다.

6월 24일 오후 5시 40분이었다.

*

20XX.06.24. Wed. 5:00 P.M.

"얘들아, 벌써 5시다. 늦었는데 어서들 집에 가야지. 선생님도 일이 있어서 가 봐야 해. 좋게 마무리 짓는 게 어떻겠니."

바짝 긴장하고 있던 도현은 순간 어리둥절했다. 조금 전 분명 3층에서 추락했는데, 그 순간의 느낌이 생생한데 다시 교실 의자에 앉아 있었다.

한 토막 꿈을 꾼 건지 헷갈렸다. 담임 민아의 말은 분명히 조금 전에도 들은 말이었다. 게다가 5시라니. 시계가 고장이라도 난 걸까? 도현은 핸드폰을 꺼내 시간을 확인했다. 핸드폰 시계도 5시였다.

"휴……. 좋아. 그럼 선생님이 상황을 정리해 볼게. 그러니까 도현이, 상모, 진우, 현호. 너희 넷이 국어 수행평가로 역할극 동영상을 찍었어. 조에 여자가 없다는 이유로 한 명이 여장하기로 했고 그걸 도현이가 하게 되었어. 그런데 영상을 본 도현이가 자신의 모습이 부끄럽다며 다시 찍자고 해서 영상을 새로 찍었어. 그런데 새로 찍은 것 대신 도현이가 지워 달라고 한 걸 수행평가 제출 게시판에 올렸다는 거지? 상모가?"

믿을 수가 없었다. 분명 조금 전과 똑같은 상황이 반복되고 있었다.

도현은 계속 멍한 채로 앉아서 아무 말도 하지 못했다. 그러자 민아가 회전의자를 다른 세 아이 쪽으로 빙그르르 돌렸다. 그 후 이어진 민아와 아이들의 대화도 역시나 조금 전 들은 그대로였다.

이것이 꿈인지 현실인지 분간이 되질 않았다. 수업 시간에 들었을 때는 영 아리송했던 장자의 호접지몽이 이런 기분을 말하는 것이었을까.

"휴……. 일단 알았어. 도현아, 상모가 영상 지우고 사과하면 용서해 줄 거지?"

도현이 멍한 표정으로 꿈을 꾸듯이 대답했다.

"네……. 선생님."

그 후 상모가 영상을 지우고, 민아가 서둘러 교실을 떠난 것까지 똑같았다.

꼼짝하지 않고 앉아 있는 도현에게 상모가 얼굴을 잔뜩 일그러뜨리며 다가갔다.

"야, 김도현. 이딴 걸 꼰질러? 내가 내린다고 했으면 잠자코 기다릴 것이지!"

도현이 여전히 정면을 멍하게 응시한 채 상모에게 물었다.

"너…… 혹시 수행 게시판 말고 온판에도 동영상 올렸어?"

상모의 입가에 비열한 웃음이 스쳐 지나갔다.

"어? 알아 버렸네. 어떻게 알았지? 와우!"

그때 도현의 핸드폰에 메시지 알림이 울렸다.

"……사과해. 그리고 영상 내려 줘. 그럼 없던 일로 할게."

상모는 사과는커녕 도현을 비웃고 윽박지르며 교실을 떠났다. 조금 전과 똑같이.

도현은 선우가 보내 준 링크를 클릭했다. 영상을 보는 도현의 가슴이 마구 뛰었다. 그러나 이전과 달리, 그 이유가 비단 동영상 때문만은 아니었다.

'설마…….'

타임 루프. 무슨 이유인지 모르겠지만 말로만 듣던 타임 루프에 빠진 거라고밖에 설명이 되지 않았다. 이전과 똑같은 행동에 이전과 똑같은 반응이 돌아왔다.

'또다시 시간이 반복된다면, 그렇다면 혹시 다음에는…… 모든 걸 원래대로 돌릴 수 있을까?'

도현은 교실 앞 복도 창가에 섰다. 그리고 그 자리에 뿌리내린 것처럼 꼼짝 않고 서서 핸드폰 시계를 바라보았다.

5시 37분.

5시 38분.

5시 39분.

그리고 5시 40분이 되었다.

*

또다시 도현은 교실 의자에 앉아 있었다. 벽시계를 올려다보았다.

20XX.06.24. Wed. 5:00 P.M.

돌아오는 시간은 언제나 5시 정각. 그러니 타임 루프의 주기는 5시부터 5시 40분까지인 게 틀림없었다.

"얘들아, 벌써 5시다. 늦었는데 어서들 집에 가야지. 선생님도 일이 있어서 가 봐야 해. 좋게 마무리 짓는 게 어떻겠니."

도현은 마음을 다잡았다. 다르게 행동하면 결과도 바뀔 것이다. 이 기회를 아까처럼 흘려보낼 수는 없었다. 도현은 고개를 들고 용기 내어 말했다.

"선생님. 상모는 제가 올리지 말아 달라고 한 첫 번째 영상을 게시판에 올렸고요. 여자 역할 정할 때 가위바위보로 하긴 했는데…… 제가 질 때까지 계속했어요. 전 사실 그런 역할은 하고 싶지 않았어요. 그래도 상모가 동영상 내리고 사과하면 없던 일로 할게요."

도현이 또박또박 말을 끝냈다. 그러자 민아와 세 아이의 눈이 동시에 커다래졌다. 도현은 늘 조용하고 먼저 말을 꺼내는 법이 없었다. 이런 모습은 처음이었다. 민아가 상모에게 물었다.

"상모야. 도현이 말이 맞아?"

"아, 네. 제가 일부러 한 건 아니지만…… 맞아요."

상모의 말이 채 끝나기도 전에 도현이 끼어들었다.

"제가 지워 달라고 여러 번 말했어요. 그런데 상모가 자꾸 핑계를 대면서 영상을 내리지 않아서 선생님께 말씀드릴 수밖에 없었어요."

교실 안의 모두가 도현을 바라보았다. 정적이 흐르고 나서 민아가 입을 열었다.

"도현이가 잘 얘기했네. 이유가 뭐든지 간에 상모는 얼른 동영상부터 지워."

상모가 떨떠름한 표정으로 영상을 지웠다.

도현은 믿기지 않았다. 아까와 같은 상황이었지만 이번에는 달랐다. 도현은 자신이 스스로 목소리를 냈다는 것이 가슴 터지도록 뿌듯했다. 그런데 뒤늦게, 미처 하지 못한 말이 생각났다.

'아! 선우 메시지!'

도현은 급히 자리에서 일어나 외쳤다.

"저기, 선생님. 저 드릴 말씀이 더……."

그러나 이미 민아는 교실을 떠난 뒤였다.

상모가 도현을 향해 얼굴을 잔뜩 일그러뜨렸다.

"야, 김도현. 이딴 걸 꼰질러? 내가 내린다고 했으면……."

"온판에도 동영상 올린 거 알아. 그것부터 얼른 지워 줘."

상모가 조소를 머금고 비아냥거리며 말했다.

"이게 사람 말을 잘라? 싫다면 어쩔 건데. 내가 이런 장난도 못 치면 사는 재미가 없는데 어쩌지? 네가 이런 재미라도 주니까 놀아 주는 거 몰랐냐?"

"지금 바로 안 지우면 부모님한테 말씀드리고 경찰에 신고할 거야."

"그래? 와! 김도현 무서워 죽겠네. 그러든가 말든가 맘대로 해, 새끼야."

세 아이의 비웃음 소리가 텅 빈 복도에 메아리처럼 울려 퍼졌다.

도현은 시계를 보았다. 다시 5시 40분이 될 때까지는 지난번 루프보다 남은 시간이 많았다.

그러나 언제까지 기회가 주어질지 알 수 없었다. 다음 루프에서는 꼭 제대로 해야 한다고 생각한 도현은 민아에게 할 말을 연습하기 시작했다.

"선생님. 드릴 말씀이 더 있어요. 상모가 동영상을…… 온판에도 올렸어요."

"선생님. 드릴 말씀이 더 있어요……."

"선생님. 아직…… 드릴 말씀이 더 있어요……."

그렇게 곱씹고 곱씹으면서 도현은 다음 루프를 기다렸다.

*

20XX.06.24. Wed. 5:00 P.M.

"얘들아, 벌써 5시다. 늦었는데 어서들 집에 가야지. 선생님도……."

"선생님!"

도현이 고함을 치다시피 큰 소리로 민아를 불렀다.

"아, 깜짝이야. 왜 소리를 지르니. 놀랐잖아."

'스트레스받으면 안 되는데…….'

민아는 자기도 모르게 배에 손을 얹으며 정색을 했다. 도현은 그런 민아의 눈을 바라보며 또박또박 말했다.

"영상은 아까 얘기한 대로 제가 올리지 말아 달라고 한 걸 상모가 게시판에 올렸고요. 전 여장 하고 싶지 않았는데 제가 질 때까지 계속 가위바위보를 했어요. 제가 어제부터 몇 번이나 부탁했는데 상모가 계속 내리지 않아서 선생님께 말씀드린 거예요. 그래도 상모가 동영상 내리고 사과하면 없던 일로 할 거예요."

민아가 미간을 살짝 찌푸리며 상모에게 물었다.

"상모야. 도현이 말이 맞아?"

"아, 네. 제가 일부러 한 건 아닌데 실수로……."

민아가 낮고 단호한 목소리로 말했다.

“일부러든 실수든 상모는 얼른 동영상부터 지워.”

상모가 영상을 지우고, 민아가 의자에서 막 일어나려는 참이었다. 도현이 민아보다 먼저 벌떡 일어나며 소리쳤다.

“선생님, 잠깐만요!”

민아와 도현의 눈이 마주쳤다.

“잠깐만요. 저 아직 드릴 말씀이 있어요.”

민아가 말없이 도현을 지그시 응시했다. 그런 민아를 마주 보며 도현이 다시 한번 천천히 힘주어 말했다.

“저 진짜…… 드릴 말씀이 더 있어요.”

민아는 잠시 생각하다가 다시 자세를 고쳐 앉았다. 이대로는 예약 시간에 늦을 게 분명했다. 하지만 도현의 말을 그냥 넘기면 안 될 것 같았다.

“도현이가 오늘 평소와 좀 다르네. 그래, 얘기해 봐.”

“상모가요. 아까 그 동영상을 온판에도 올렸어요. 이상하게 편집까지 해서요.”

구상모, 박진우, 최현호가 놀란 표정으로 도현을 향해 일제히 고개를 돌렸다.

“뭐? 온판에? 구상모! 도현이 말이 사실이야?”

민아의 목소리에 퍼렇게 날이 섰고 상모의 얼굴에는 당황한 기색이 역력했다.

“아, 아니에요. 선생님.”

"구상모! 도현이가 저 말을 괜히 할 리가 없잖아. 솔직하게 말해. 거짓말이면 일 더 커진다!"

"아, 저, 그게……."

민아가 정색을 하며 다시 상모에게 말했다.

"상모야, 제발 솔직히 말해 줘. 도현이 말이 사실이니?"

구상모는 고개를 숙이며 기어드는 목소리로 대답했다.

"네……."

민아는 기가 차서 짧은 한숨을 내뱉었다.

모두에게 예의 바르고 사교적이며 학생회에서 리더십을 발휘하는 상모였다. 그런 상모가 이런 짓을 했다는 게 믿기지 않았다.

"도대체 왜 그랬어. 이것도 실수야?"

"네. 실수예요. 제가 게시판 주소를 착각했나 봐요."

상모의 뻔한 변명 때문인지 무엇 때문인지 민아는 갑자기 속이 메슥거리는 것 같았다.

"수행 게시판이랑 온판을 착각했다고? 그게 말이 돼?"

상모는 대답 없이 고개만 푹 숙이고 있었다.

도현이 선우에게서 온 메시지를 열어 민아에게 핸드폰을 넘겼다. 민아가 메시지의 링크를 클릭했다. 동영상에서 퍼져 나오는 왁자지껄한 소리가 교실 안에 가득 찼다. 민아는 영상을 도중에 껐다. 더 볼 필요도 없었다.

'두통약을 먹을 수도 없잖아…….'

민아가 지끈거리는 이마를 짚으며 네 명의 아이를 죽 둘러본 후 무거운 목소리로 말했다.

"상모는 지금 내 눈앞에서 영상 지우고. 오늘은 늦었으니 일단 돌아가라. 그리고 너희 모두 부모님께 선생님이 전화드릴 거라고 말씀드려."

진우와 현호는 사태가 심상치 않다는 걸 눈치채고는 비굴할 정도로 도현에게 사과하고서야 집으로 갔다. 자기들은 처음부터 그럴 생각이 없었으며, 주도자가 아니고 방관자지만 그것조차 정말 미안하다고 몇 번이나 사과했다.

도현과 상모가 텅 빈 운동장에 마주 보고 섰다.

이제 상모의 사과를 받고 화해하면 전과는 다른 생활을 할 수 있지 않을까. 진우와 현호처럼 입에 발린 사과라도 한다면 없던 일로 하고 잘 지내 보자, 용서해 주자, 도현은 그렇게 마음먹었다.

정적을 깨고 먼저 입을 연 쪽은 상모였다.

"야, 너 이렇게 일 크게 벌일 거냐? 담임한테 전화해서 그냥 없던 일로 한다고 빨리 말해. 귀찮게 하지 말고."

예상을 비낀 상모의 말에 도현은 당황했다. 빈말이라도 상모가 미안하다고 해야 맞았다. 이쯤 되면 당연히 그럴 줄 알았다. 도현이 마른침을 삼키며 말했다.

"나한테 사과해. 그러면 없던 일로 할게."

"미친. 내가? 너한테?"

"그럼 선생님께 잘 말씀드릴게. 하지만 사과 안 하면 경찰에 신고할 거야. 선생님께 학폭위도 열어 달라고 할 거고."

"하……."

상모가 어이없다는 듯 헛웃음을 짓다가 도현을 노려보았다.

"이 새끼가. 너는 담임이 집에 말한다고 하면 내가 쫄 줄 알았냐? 학폭위? 까짓거 열어. 그거 열면 뭐가 어떻게 되는데. 내가 널 때렸어? 아니면 돈을 뺏었어? 그냥 동영상 좀 실수로 올린 거잖아. 그 정도로 내가 소년원이라도 갈 것 같냐? 끽해야 봉사 며칠이야. 그리고 우리 엄마 운영위원인 거 알지? 우리 엄마가 가만있을 것 같아? 내가 왕따 구제해 준 거잖아. 그런데 왜 나만 잡고 늘어지냐고!"

도현은 절망했다. 희망을 품었던 만큼이나 절망이 더 무겁게 느껴졌다. 루프 안에서 아무리 발버둥을 쳐도 결국 바뀌는 건 없었다.

사실 처음부터 알고 있었다. 상모는 자신을 친구로 생각한 게 아니라 스트레스 풀 만만한 애가 필요했다는 걸. 그래도 도현은 먼저 말 걸어 준 상모가 고마웠다.

상모가 사과하길 간절히 바랐다. 그러면 조금은 자신을 진심으로 대한 것이리라 위안이 될 것 같았으니까. 도현이 갈라진 목소리로 입을 열었다.

"상모야……. 넌 만약 시간을 다시 되돌릴 수 있다면 뭘 하고 싶어?"

"너 드디어 미쳤냐?"

"난 시간이 되돌아간다는 것이 누군가 나에게 주는 기회라고 생각했어. 내 힘으로 바꿀 수 있을 줄 알았어. 그런데 아니더라. 부탁할게. 언젠가는 꼭 진심으로 사과해 줘."

"헛소리 적당히 해. 네가 그러니까 찐따 소리를 듣는 거야. 아무튼 내일 나한테 피곤한 일 생기기만 해 봐."

퉤. 상모는 바닥에 침을 뱉고 자리를 떠났다.

도현이 운동장을 달리기 시작했다.

수많은 기억의 조각들이 눈앞에 스쳐 지나갔다.

투명 인간 같았던 수련회, 누군가 낙서해 놓은 체육복, 비웃음 소리, 인터넷에 올려진 영상과 댓글들. 그리고 엄마…….

도현은 달리기를 멈추고 3층으로 올라가 교실 앞 복도 창가에 섰다.

잠시 후, 도현이 창밖으로 몸을 던졌다.

6월 24일 오후 5시 40분이었다.

*

으아악!

진료용 의자에서 외마디 비명을 지르며 도현이 일어났다. 칠흑 같은 어둠 속에서 숨을 헐떡이는 도현에게 누군가 말을 건넸다.

"도현아, 괜찮니?"

동시에 눈앞이 환해졌다. VR 헤드기어가 벗겨진 것이다.

눈이 방 안의 조도에 어느 정도 익숙해지자 도현은 자신에게 말을 건 코랄 립스틱의 여자를 바라보았다. 여자가 입고 있는 흰 가운 가슴팍에 적힌 이름이 보였다.

심지원. 학교폭력상담센터에 파견 나와 1차 VR 치료부터 지금까지 도현을 담당하고 있는 의사였다. 낯익은 지원의 얼굴을 마주하고서야 도현은 상황을 온전히 파악했다. VR 치료가 끝날 때마다 매번 느껴지는 이 느낌이 정말 죽도록 싫었다.

관련자 진술을 토대로 온주중학교 학교폭력 사건 당시의 상황과 피해자의 감정, 인지 체계를 입력한 '가해자 가상체험 심리치료 프로그램'. 이 망할 프로그램은 너무나 실감 나서 몇 번을 해도 늘 현실처럼 느껴졌으니까.

도현은 떨리는 손으로 상처 하나 없이 말끔한 자신의 다리를 문질렀다. 하지만 아직도 전신에 통각의 여운이 남아 있는 듯

했다.

"세 번째인데도 매번 진짜 같고 꼭 처음 겪는 일처럼 느껴지지?"

"네……."

"프로그램이 심리치료 대상자의 기억을 담당하는 뇌 부분을 직접 자극해서 영상으로 재현되게 만들어졌기 때문에 가능한 일이야. 피해자의 감정에 완전히 이입한 체험이 가능한 프로그램이지. 한마디로 VR 안에서는 도현이 네가 상모가 되는 거야."

가슴을 쓸어내리며 숨을 몰아쉬는 도현의 눈에 벽에 붙은 홍보용 신문 기사가 보였다.

1년 전 교육부가 도입한 '학교폭력 VR 가상치료'가 큰 효과를 보이고 있다.

온주대학병원 소아정신건강의학과 박상우 교수팀은 피해자의 고통을 이해하도록 훈련하는 이른바 '가해자 가상체험 심리치료 프로그램'을 개발했다.

전국 200여 명의 학교폭력 가해 청소년들에게 VR 가상체험 심리치료 프로그램을 시행한 결과 폭력 성향은 줄어들고 전두엽과 두정엽의 기능이 개선됐다는 연구 결과가 나왔다.

박상우 교수팀은 학교폭력 가해 청소년에게 격주로 4~6주간 프로그램을 시행하고, 시행 전후 임상 및 신경 심리검사와 뇌 영상

촬영을 진행했다. 그 결과 가상현실을 통해 가해 청소년이 피해 청소년의 감정을 온전히 느끼게 함으로써 미성년 청소년의 부족한 공감 능력을 향상시키는 동시에, 가해자가 폭력을 저지르며 받은 상처를 치료해 학교폭력 재발 비율을 현격히 줄였다고 발표했다. 또한 청소년의 전두엽과 두정엽의 신경회로를 활성화해 충동 및 공격성을 줄이는 효과를 보였다고 전했다.

박 교수는 "이번 연구로 학교폭력 피해 및 가해 학생에 대한 실질적 해결책을 마련했다는 데 큰 의의가 있다"고 말했다.

기사 승인 20XX.08.05. 11:15

'헛소리하고 있네.'

바뀌지 않는 타임 루프에 빠진 게 아니라 가상체험이었다는 건 다행이었다. 하지만 도현은 가해자가 무슨 심리치료를 받아야 한다는 건지 도통 이해되지 않았다. 가해자도 피해자 못지않은 심리치료가 필요하다는 학교폭력위원회의 결정은 치료를 빙자해서 벌을 주기 위한 그럴듯한 핑계일 뿐이라는 생각이었다.

'이건 완전 세뇌야. 이만하면 벌은 충분히 받은 거 아냐? 상모 새끼는 그날 한 번이지만 난 VR 속에서 벌써 몇 번이나 떨어졌다고!'

도현이 양쪽 관자놀이를 엄지로 누르며 말했다.

"선생님. 오늘따라 머리가 무겁고 좀 띵한 것 같아요."

"그래? 많이 불편하면 약을 처방해 줄게."

"약 먹을 정도는 아니에요……."

지원이 알겠다는 듯 고개를 끄덕이고는 모니터를 보고 차트에 무언가 적었다.

"음. 많이 좋아졌네."

"그럼…… 이제 제가 상모의 마음을 완전히 느낀다고 할 수 있나요? 이제 치료는 그만 받아도 되나요?"

"공감도가 80퍼센트 이상이면 상당하다고 할 수 있지. 알고 있겠지만 가상체험 치료를 끝내는 기준이 그거야. 오늘 도현이가 사건 당시 상모의 감정을 73퍼센트 공감한다는 결과가 나왔어. 지금까지 중 최고 수치지만 80퍼센트는 아니야. 다음 상담은 2주 후로 하자. 선생님 생각에 아마 그땐 80퍼센트를 넘을 것 같은데?"

도현은 의자에서 일어나 가방을 챙겼다. 그리고 치료실 밖으로 나가려던 걸음을 문득 멈추고 슬픈 표정으로 지원을 돌아봤다.

"선생님. 저는 진짜가 아니어도 이렇게 힘든데…… 상모는 그동안 얼마나 힘들었을까요? 저는 친구끼리 그냥 장난친 거라 생각했는데……. 심리치료를 할 때마다 상모의 생생한 감정이 느껴져서 정말 너무 미안해요."

도현의 볼 위로 눈물이 주르륵 흘렀다. 지원이 황급히 도현에게 다가가 어깨를 감쌌다.

"역시 기계가 사람의 마음을 온전히 알 수는 없나 보다. 그거 아니? 괴롭힘을 당하는 아이는 주변으로부터 고립되는 힘듦까지 겪게 돼. 주변 친구들이 자기들도 안 당하려고 강한 아이에게 몰리기 때문이지. 그리고 고립을 유발하는 폭력을 당하면 뇌에서 죽을 때 나오는 신호들이 나온단다. 정말로 죽는 것만큼 아픈 거야. 정말 죽을 만큼……."

지원은 목이 메었는지 헛기침을 하고 계속 말을 이었다.

"상모의 그 괴로움을 VR 안에서 너도 똑같이 느낀 거야. 선생님이 보기에는 지금 도현이가 100퍼센트 공감하는 걸로 보이는구나. 지금 이 마음, 절대 잊지 말아야 한다."

"네……."

도현이 늘어진 어깨에 가방을 걸치고 문을 향해 몸을 돌렸다. 그러다 치료실 한편의 이젤에 놓인 그림을 보고 그 앞에 가서 섰다. 등에 커다란 날개가 달린 남자가 깊은 잠에 빠져 있는 그림이었다. 채색이 다 끝나지는 않았지만 한눈에 보기에도 정말 멋진 그림이었다.

"이거 선생님이 그리신 거예요?"

"응. 내가 너만 할 때 그림을 그렸어. 미대에 가고 싶었는데 어쩌다 보니 의사가 됐네."

"와, 대단해요. 정말 잘 그리시네요. 그런데 이 사람은 누구예요? 날개가 달린 걸 보면 사람이 아닌가 봐요."

"모르페우스야. 그리스 신화에 나오는 꿈의 신이지. 모르페우스는 꿈에 인간의 모습으로 나타나는데 누구의 모습이든 자유자재로 바꿀 수 있대."

"아. 그럼 어젯밤 꿈에 제가 좋아하는 아이돌 제나가 나왔는데 그것도 모르페우스가 변신한 걸까요?"

"후훗, 그렇지. 꿈에서 깨기 싫었겠구나."

"네. 딱 1분만 더 잤어도 제나 손을 잡을 수 있었는데."

지원이 아쉬운 표정으로 말하는 도현을 보고 웃었다.

"모르페우스의 집엔 두 개의 문이 있는데, 상아로 만든 문으로 나오면 기억에 남는 꿈을 꾸고, 뼈로 만든 문으로 나오면 기억하지 못하는 꿈을 꾼다고 해. 잠에서 깨면 어떤 꿈은 오랫동안 기억에 남고 어떤 꿈은 눈을 뜨자마자 잊기도 하잖아. 모르페우스가 어떤 문을 통과하냐에 달린 거지. 어제는 상아로 만든 문을 통과했나 보네."

도현이 미소로 응수하며 치료실 문을 열었다.

밖에서 도현 엄마가 기다리고 있었다. 그녀는 지원이 내미는 서류에 사인하고 조심스러운 목소리로 물었다.

"저, 선생님. 도현이 치료는 언제까지 받아야 할까요?"

"도현이에게 말했는데요. 제 예상엔 2주 후에 한 번만 더 오면 될 것 같습니다."

“아, 정말 감사합니다.”

도현 엄마는 허리를 깊숙이 숙여 지원에게 인사했다. 주차장에 갈 때까지 두 사람은 아무 말도 하지 않았다.

8월은 뜨거웠다. 문을 열자 오븐처럼 데워진 차 안의 열기가 두 사람에게 훅 달려들었다. 도현 엄마가 시동을 걸고 에어컨을 켜면서 신경질적으로 소리쳤다.

“아니, 왜 또 오래. 남들은 보통 두 번, 많아야 세 번이면 끝난다던데 오늘도 통과를 못 하면 어째! 정말 시간을 얼마나 잡아먹는지. 내일모레면 고등학생인데 툭하면 학원도 못 가고 이게 뭐야! 엄마랑 연습한 대로 한 거 맞아?”

“아씨, 몰라. 엄마보다 내가 더 짜증 나. 방학에 이게 뭐냐고.”

도현이 콘솔박스를 발로 퍽 차며 한껏 짜증을 부렸다.

“그만해!”

도현 엄마가 도현보다 더 크게 소리치고 물티슈로 콘솔박스를 닦으며 말했다.

“VR 심리치료. 번거로워도 지금으로선 이게 최선이야. 그래도 이런 게 있어서 얼마나 다행이야?”

“똑같은 얘기 그만 좀! 지겨워! 엄마가 한번 해 봐. 차라리 소년원 가는 게 낫겠다고! 몸만 안 들어갔지, 헤드기어 쓰고 있을 때는 뇌가 감옥에 갇힌 거나 마찬가지라고.”

"얘가 말하는 것 좀 봐. 누가 이렇게 일을 크게 만들었는데? 영상 빨리 내렸으면 이렇게까지 안 됐잖아. 뭐 하러 그런 애 말에 발끈해서는 일을 이 지경으로 만들어? 너 대신 할 수만 있었으면 엄마는 VR 그까짓 거 백 번이라도 했어. 엄마 마음은 생각도 않고 그렇게 자꾸 성질부리면 게임이랑 용돈 다 끊을 줄 알아!"

도현은 엄마에게 마구 쏟아 내는 것도 어디까지가 선인지 잘 알고 있었다. 그래서 한풀 꺾인 목소리로 툴툴대며 말을 돌렸다.

"나 피곤해. VR 하고 나면 기운이 쭉 빠진다고."

"그럼 한숨 자. 도착하면 깨울 테니까."

도현은 시트 각도를 조절하고 눈을 감았다. 그리고 이내 까무룩 잠이 들었다.

"으음……?"

잠에서 깬 도현은 어리둥절했다. 처음 와 보는 곳에 누워 있었기 때문이다. 그곳은 벽과 천장, 바닥까지 온통 새하얗고 화장실과 작은 주방이 딸린 원룸이었다. 눈앞에 보이는 장면이 낯설어 도현은 아직 무거운 눈꺼풀을 몇 번 깜빡거렸다.

처음에는 꿈인가 싶었다. 하지만 그게 아니라는 걸 안 순간 놀라서 벌떡 일어나 앉아 사방을 두리번거렸다. 방문 손잡이를 돌려 봤지만 밖에서 잠겼는지 열리지 않았고 문을 두드리며 소리쳐도 아무도 나타나지 않았다. 핸드폰도 가방도 없어졌다. 도현은 덜컥 겁이 났다.

한쪽 벽에 하얀 커튼이 드리워진 커다란 창이 보였다. 도현이 서둘러 커튼을 열었다. 그리고 그 순간 도현의 얼굴이 하얗게 질리고 말았다.

창밖은 끝없는 우주처럼 검은 벽으로 막혀 있었다.

*

도현이 하얀 방에 갇힌 지 일주일이 지났다. 하얀 방의 시간은 천천히 흘렀다. 사방이 막혀 낮인지 밤인지조차 구분할 수 없어 더욱 그랬다.

그래도 일주일이 지났다는 건 알 수 있었다. 벽에 걸린 타이머 때문이었다. 처음 방에서 눈을 떴을 때 타이머에는 '00:00'라는 디지털 숫자가 깜빡이고 있었다. 타이머는 도현이 숫자를 보자마자 1분 단위로 카운트를 시작하더니 조금 전 '168:04'가 되었다. 168시간 4분. 일주일하고도 4분이 지난 것이다.

냉장고에 먹을 것과 물이 있어도 도현은 정말 배고플 때를 제외하고는 먹지 않았다. 사실 먹지 않은 게 아니고 목으로 넘기지 못했다는 표현이 더 맞았다.

처음에 도현은 몇 개 되지 않는 방 안의 기물을 마구 던지고 부숴다. 어떨 때는 고래고래 소리를 지르다 갑자기 눈물을 펑펑 쏟기도 했다. 그러나 시간이 갈수록 점점 무기력해져 나중에는 꼼짝도 하지 않고 누워만 있었다. 넘치는 시간 동안 생각을 거듭한 도현은 납치당한 게 분명하다고 스스로 결론을 내렸다. 다만 아무리 생각해 봐도 자신을 이곳에 가둔 사람이 누구일지는 짐작조차 가지 않았다.

168:08.

타이머를 바라보며 도현이 힘없이 중얼거렸다.

"언제쯤 여기서 나갈 수 있을까. 누굴까……. 날 여기 가둔 사람은."

도대체 왜 날 여기 가둔 걸까, 얼마나 가두려는 걸까, 엄마 아빠는 나를 얼마나 찾고 있을까, 지금까지 아무도 날 찾지 못했으면 범인은 보통 사람이 아니겠지, 아니면 내 몸값으로 너무 큰 돈을 요구해 시간이 걸리는 걸까? 이 건물은 어디에 있길래 사람 목소리나 자동차 소리가 전혀 들리지 않는 걸까?

일주일 내내 머릿속에서 뱅뱅 돌던 생각의 꼬리잡기가 다시 시작되었다. 누구와도 대화할 수 없고 무슨 일이 일어날지 알 수 없다는 게 이렇게 괴로운 일인지 미처 몰랐다.

타이머가 '168:10'으로 바뀐 순간, 도현은 놀라서 헉하고 숨을 몰아쉬었다. 검은 창이 돌연 스크린으로 바뀌더니 낯익은 여자의 얼굴이 나타난 것이다.

"선생님……."

스크린을 가득 채운 얼굴을 보고 도현은 안심해야 할지 놀라야 할지 판단이 서질 않았다. 학교폭력상담센터 의사. 화면 속 여자는 바로 심지원이었다.

"도현아, 안녕? 잘 지냈니?"

도현은 뭐라고 답을 해야 할지 몰랐다.

"선생님, 이게 어떻게 된 거예요? 진짜 뭐가 뭔지 하나도 모르겠어요. 참! 우리 엄마한테 연락 좀 해 주실래요? 엄마 아빠가 저를 엄청 찾고 있을 거예요."

"아니. 너희 부모님은 너를 찾지 않으시던데?"

"네?"

놀란 도현을 보고 지원이 빙긋 웃으며 말했다.

"도현아, 내가 퀴즈 하나 내 볼까?"

"퀴, 퀴즈요? 지금이요?"

"어느 날 어떤 사람이 낯선 곳에서 눈을 떴어. 누가 그런 건지, 왜 납치되었는지도 모른 채 일주일간 갇혀 있었지. 자, 이 사람은 앞으로 어떻게 될까?"

"모, 모르겠어요."

"그럼 정답은 잠시 후에 알려 줄게. 그나저나 여기 있는 동안 반성은 좀 했니?"

"반성이라뇨?"

"그래, 그럴 줄 알았어. 너는 원래 죄책감이란 게 없는 애잖아."

머리부터 발끝까지 천천히 도현의 몸에 소름이 돋았다. 이제 도현은 지원이 두려워지기 시작했다.

"선생님. 저한테 왜 이러세요. 집에 가고 싶어요. 저 좀 여기서 내보내 주세요. 네?"

도현이 울먹이며 말했다. 그런 도현을 보고 지원이 또다시 미소를 지었다.

"그렇게는 못 하겠는데?"

"네?"

"상모가 내 아들이니까."

도현이 지원의 말을 받아들이기에는 잠시 시간이 필요했다. 이게 무슨 소리야? 상모라면, 구상모? 장난 좀 친 걸로 창문에서 뛰어내린 그 자식? 상모가 지원의 아들이라니, 그럴 리가 없다.

"무, 무슨 말씀을 하시는 거예요. 저 상모 엄마 본 적 있어요. 병문안 갔다가 상모 아빠랑 동생도 봤다고요."

"구구절절한 사연을 너에게 다 얘기할 수는 없고. 우리는 상모가 5학년이 되고 나서 다시 만나기 시작했어. 그래, 맞아. 내가 상모에게 큰 죄를 지었어."

도현의 목덜미가 뻣뻣하게 굳었다. 지원의 말을 듣고 생각해 보니 병원에서 만난 상모 엄마는 지나치게 침착했다.

"상모의 사고 후에 나는 사람이 얼마만큼 괴로울 수 있는지 알게 되었어. 고통의 밑바닥을 보았지. 그리고 알고 싶었다. 도대체 상모가 왜 그런 선택을 했는지 말이야. 바로 너 때문이더구나."

"아, 아니에요. 전 상모를 괴롭히지 않았어요. 제가 상모를 민 것도 아니잖아요! 아니, 오히려 외톨이인 상모를 제가 끼워줬다고요."

지원이 웃음기가 사라진 차가운 눈으로 도현을 노려보았다.

"나는 병원에 입원한 상모의 뇌에서 지난 몇 달 동안의 기억을 다운로드했어. 그리고 며칠 동안 잠도 안 자고 봤지. 네가 상모에게 했던 그 끔찍한 짓을. 너는 남들이 볼 때 괴롭히는 바보 같은 짓은 하지 않았어. 대신 지능적으로 괴롭히다가 이따금 친근한 말과 행동으로 상모를 무력화시키더라. 마치 자기 힘으로 끊어 낼 수 있는데도 어릴 때부터 길든 쇠사슬을 끊지 못하는 코끼리처럼."

도현은 이제 흐느껴 울기 시작했다. 지원이 숨을 한 번 크게 쉬고 나서 계속 말을 이었다.

"처음엔 나도 이럴 생각은 없었어. 나도 상모에게 죄인이니까. 또 너도 나처럼 괴로울 거라 생각했으니까. 그래서 네 VR 심리치료를 자원했어. 너를 치료해서 다시는 이런 일이 생기지 않도록 하고 싶었어. 그런데……. 70퍼센트? 80퍼센트? 수치

따위는 중요하지 않아. 내가 모를 줄 알았니? 너는 눈곱만큼도 상모에게 죄책감을 느끼지 않더구나."

눈물 콧물이 범벅된 얼굴로 도현이 울부짖었다.

"아니에요. 그런 거 아니에요, 선생님. 제가 잘못했어요. 제발 내보내 주세요. 제발요!"

"너도 알 거야. 상모는 네 진심 어린 사과, 단지 그것만을 원했을 뿐이란 걸. 하지만 넌 오히려 조롱했지. 상모가 감당할 수 있는 임계점을 넘게 만들었어. 네가 장난이라 말한 모든 행동이 상모를 민 거야! 그런 널 단지 어리다는 이유로 봐줘야 할까?"

"잘못했어요. 상모한테 사과할게요. 여기서 나가면 바로 가서 사과할게요. 상모야, 미안해! 정말 미안해!"

"인제 와서 그런다고 다 무슨 소용이지?"

도현에게 커다란 불길함이 엄습했다. 자신이 아무리 빌어도 지원은 마음을 바꾸지 않을 터였다. 도현은 이제 악에 받쳐 소리를 지르기 시작했다.

"미성년자를 납치해서 이런 짓을 하고도 네가 무사할 것 같아? 내가 여기서 나가면 넌 평생 감옥에서 썩게 될 거야!"

하지만 지원은 아무 상관 없다는 듯 담담하게 대답했다.

"그럴 일 없어."

"뭐?"

"그럴 일 없다고. 왜냐하면 너는 진짜 김도현이 아니거든."

"그게 무슨 소리야?"

"김도현이 VR 치료를 받을 때마다 난 그 애의 뇌를 복제했어. 나노로봇 수십억 개를 김도현의 뇌 모세혈관 속에 투입해서 신경 활동을 스캔해 복제 뇌를 만들었지. 뇌를 복사해 데이터화한 거야. 너는 지금 내 연구실 한구석 코쿤 속에 들어 있는 김도현의 복제 뇌야. 몸만 없을 뿐 김도현의 기억과 인격 그대로 작은 컴퓨터에 저장된 데이터. 알겠니? 너는 김도현이 아니지만, 김도현이야."

도현은 온몸에 소름이 돋았다. 아니, 돋는다고 느낀 것뿐일까.

"말도 안 돼……."

"내가 김도현의 뇌를 복제했다는 건 아무도 몰라. 너는 가상세계에 홀로 존재할 뿐이지. 그러니까 내가 너를 여기 가둔들…… 나에게 무슨 일이 일어나겠니?"

도현이 두 손으로 머리를 감싸며 절망에 찬 목소리로 중얼거렸다.

"아니야, 거짓말이야. 이렇게 생생한데……. 그럴 리가 없어."

"그래. 받아들이기 힘들겠지. 그럼 생각해 봐. 너의 가장 오래된 기억이 뭐지?"

"그, 그건……."

"어린 시절의 기억이 있어? 초등학교, 중학교 입학식이라든가 적어도 몇 달 전의 기억이 있느냐고 묻는 거야."

도현이 과거를 기억하려 몸부림을 쳤다. 머리가 깨질 듯 아팠다. 하지만 지원의 말대로 도현이 기억하는 것은 VR 치료와 하얀 방에서 보낸 끔찍했던 일주일뿐이었다. 다른 기억은 하나도 없었다.

"너와 달리 진짜 김도현은 언제나처럼 아주 잘 지내고 있더구나. 어제는 친구들과 떠들썩하게 생일 파티도 하던데?"

충격에 빠진 도현은 완전히 넋이 나간 표정으로 비틀거리다 그 자리에 주저앉았다. 지금 악몽을 꾸는 것일까, 영원히 깨어날 수 없는 꿈이라면 어쩌지? 그런데 이것이 꿈이 아니라면, 지원의 말이 사실이라면 도대체 나는 누구일까 생각하면서.

그런 도현을 바라보는 지원의 눈에서 참았던 만큼 뜨거워진 눈물이 천천히 흘러내렸다.

"상모는 언제 깨어날지 몰라. 깨어나도 몸과 마음에 후유증이 남게 될 거야. 그런데 가해자인 너는 호사스러운 케어를 누리더구나. 그리고 4차 치료가 끝난 후에는 결국 아무런 처벌도 받지 않겠지. 내가 가장 견디기 힘들었던 게 뭔지 알아? 바로 이런 말도 안 되는 법을 지켜봐야만 하는 거였어. 왜 피해자인 상모는 고통받고 가해자인 넌 보호받는 거지? 그래서 나는 결심했어. 말랑하고 불공정한 법을 대신해서 내가 직접 너를 벌

주기로."

지원이 잠시 침묵했다. 그러고 나서 담담하고도 서늘하게 마지막 말을 이었다.

"모르페우스를 기억하니? 인간이 아닌데 인간으로 변신하는 모습이 꼭 너 같다고 생각했어. 이제 퀴즈의 답을 알려 줄게. 며칠 후에 있을 마지막 VR 치료에서 나는 너, 김도현의 복제 뇌를 진짜 김도현의 뇌에 입력할 거야. 모르페우스가 상아로 만든 문을 통과하는 것처럼. 그럼 진짜 김도현은 네가 겪은 하얀 방의 일주일을 잊지 못하고 오랫동안 악몽과 트라우마에 시달리게 되겠지. 이렇게밖에 못 하는 참담한 심정의 어미를 맘껏 욕하고 저주해도 좋아. 때가 되면 나도 달게 벌을 받을 테니. 그럼 그때까지…… 잘 지내. 김도현."

지원이 버튼을 누르자 스크린은 다시 검은 창으로 바뀌었다.

"안 돼!"

도현이 절망에 빠져 비명을 질렀다. 처절한 비명이 작은 코쿤 안에 울려 퍼졌다.

하지만 이 세상 누구도 가련한 도현의 데이터가 울부짖는 소리를 들을 수 없었다.

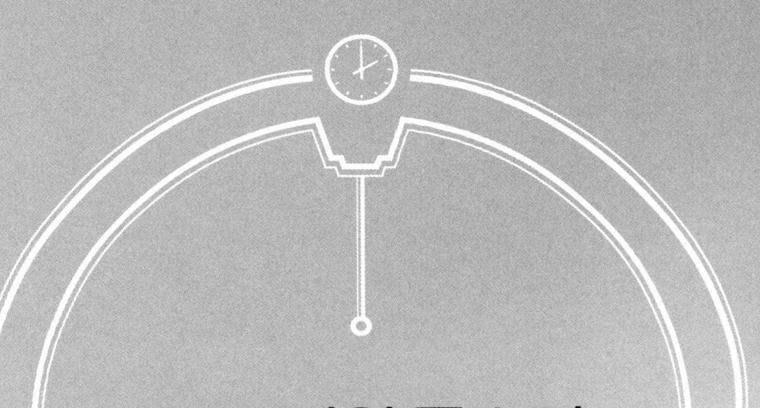

1919, 너의 목소리

2023년 계간 『어린이와 문학』 여름호 수록

우리 학교, 무려 20세기 초에 세워진 진성중학교에 있는 것은 무엇이든 오래되었다. 교과서에 실린 유구한 역사만큼 오래된 건물, 오래된 교정. 그리고 그런 학교에 잘 어울리는 고리타분한 역사 선생님까지.

"3·1운동을 계기로 일본 통치에 조직적으로 항거하기 위해 상해에 임시정부가 수립되었는데. 아! 자랑하는 건 아니지만 선생님의 조부님께서도 임시정부에 계셨는데 말이야. 지금 우리가 이렇게 잘살게 된 건 모두 애국지사들의 숭고한 희생과……."

대놓고 귀를 막을 수는 없어서 창밖을 내다보았다. 초여름이 시작되는 5월 하순의 오후는 눈이 부시도록 화창했다. 이런 날 교실 안에 있다는 게 참 억울할 뻔했다. 한지율이 없었다면.

지율이를 좋아하게 된 건 1학년 여름쯤이었다. 처음 느껴 보는 낯선 감정이어서 그랬을까. 지율이가 자꾸 신경 쓰인다는 것도, 지율이만 보면 가슴이 두근거린다는 것도 한동안 알아차리지 못했다.

2학년에도 지율이와 같은 반이 되었을 때는 정말 뛸 듯이 기뻤다. 하지만 우리는 여전히 같은 교실을 공유하는 사이 그 이상도 이하도 아니다.

그리고 교실에는 지율이만 있는 것이 아니다.

쉬는 시간을 알리는 종이 울리자마자 교실은 순식간에 파티라도 열린 듯 난리법석이었다. 그 소란을 뚫고 회장 노예찬이 지율이에게 다가가는 모습이 보였다. 신경이 온통 둘에게 쏠렸다.

"지율아, 내가 말한 거 생각해 봤어?"

"아, 그거……."

그다음 말은 오리 떼같이 꽥꽥대는 애들 때문에 들리지 않았다.

정말 신경이 쓰여 죽겠다. 요즘 들어 회장이 지율이에게 부쩍 말을 거는 이유가 궁금해 미칠 지경이었다. 나는 자리에서 일어나 화장실에 가는 척하며 느린 걸음으로 둘의 곁을 지나갔다. 회장의 목소리가 어렴풋이 들렸다.

"네가 해 줬으면 좋겠어……."

거기까지였다. 딱 그 소리만 들었다. 도대체 무얼 해 달라는 거지?

집에 돌아와 가방을 책상 위에 던지고 침대에 대자로 드러누웠다.

'네가 해 줬으면 좋겠어…….'

종일 회장의 말이 머릿속을 맴돌았다.

왜 하필 회장일까……. 회장과는 초등학교 1학년 때 같은 반이 되면서부터 알고 지냈다. 그때부터 지금까지 어디서나 눈에 띄는 아이였다. 공부도 잘하고, 다재다능하고, 아이돌처럼 잘생긴 얼굴에 서글서글한 성격까지. 게다가 말도 재미있게 잘했다. 당연히 회장을 좋아하는 애들이 많았다.

그럭저럭 괜찮던 나와 회장의 사이가 틀어진 건 초등학교 6학년 때였다.

5월 어느 날, 같은 수학 학원에 다니던 아이들 몇 명이 경시대회에 나갔다. 한 달쯤 지나 결과가 나왔다. 나는 접시 모양의 금상 상패를 받았고 회장은 장려상을 받았다. 어색하게 웃으며 축하를 건넨 회장이 돌아서서 종이 상장 한쪽 모서리를 구기며 움켜잡았다. 회장이 지는 걸, 특히 자기보다 못하다고 생각했던 애한테 지는 걸 참지 못한다는 것을 그때 알았다.

그 후 나는 회장의 먹잇감이 되었다. 내가 무슨 말만 하면 비아냥거리며 말을 잘랐고, 장난인 척 농담인 척 망신을 주었다. 회장은 웃으면서 사람의 마음을 후벼 파는 재주가 있었다. 그 아픈 말을 바로 받아치지 못하고, 나중에야 생각난 적절한 대답을 곱씹는 일이 잦아졌다. 말로는 도저히 회장을 이길 수가 없었다. 잘 지내려고 애쓸수록 점점 더 나빠지기만 했다.

한참 뒤에야 어렴풋이 느꼈다. 내가 노력한다고 해서 좋아질 일이 아니란 걸. 그 뒤로 나는 회장 앞에서 차라리 입을 다물어 버리기로 했다. 그게 더 편했다.

그런데 초등학교 졸업 후 별로 마주칠 일이 없던 회장과 2학년에 같은 반이 되었다. 교실에는 지율이만 있는 것이 아니다. 지율이가 있는 교실에 회장도 있다.

학원에 갈 시간이 되었다. 보통 버스를 타는데 아빠가 데려다준다며 차 열쇠를 챙겼다. 차 안에서 핸드폰에 고개를 파묻은 나에게 아빠가 말을 걸었다.

"요즘 학교생활은 어떠니?"

"학교가 맨날 그렇지 뭐."

"좋아하는 친구는 있고?"

"응? 아, 없어."

아빠의 뜬금없는 질문에 하마터면 '한지율'이라고 대답할 뻔했다.

"지율이는 잘 지내?"

"어, 그런 것 같아."

그 순간 핸드폰 화면 위에서 분주하게 움직이던 내 손가락이 딱 멈추었다. 등줄기에 소름이 쫙 돋았다. 나도 모르게 큰 소리가 튀어나왔다.

"뭐야! 아빠가 지율이를 어떻게 알아."

아빠는 입술을 씰룩거리며 웃기만 했다. 무슨 영문인지 알 수가 없다. 다른 사람에게 지율이 얘기를 한 적이 없는데…….

아! 딱 한 번 있다. 대구로 이사 간 절친 준혁이와 며칠 전에 통화했을 때였다. 녀석은 좋아하는 애가 생겼다며 본 적도 없는 대구 여자애 얘기를 20분 넘게 잔뜩 늘어놓았다. 그러다 자기만 떠든 게 민망했는지 갑자기 너는 좋아하는 애 없냐고 추궁을 하는 거였다. 어찌나 몰아세우는지 얼떨결에 지율이를 좋아한다고 말해 버렸다. 그러자 준혁이는 저 혼자 미친 듯 웃고 괴성을 지르더니 나에게 물었다.

"한지율 어디가 좋은 건데? 성격 좋은 건 인정이지만 솔직히 예쁘진 않잖아."

나는 잠시 망설이다 대답했다.

"목소리."

"목소리? 걔 목소리가 그렇게 좋았나? 그런데 겨우 그거 때문이야? 신기하네."

겨우라니. 세상에 무수히 많은 소리가 존재하지만 그런 목소리를 가진 애는 본 적이 없다. 지율이의 목소리는 반경 5미터의 공간을 부드럽게 만드는 힘이 있었다. 아무튼 그때 딱 한 번

뿐인데 아빠가 알고 있다. 저절로 볼멘소리가 나왔다.

"왜 남의 통화를 엿듣고 그래."

"엿들은 게 아니고 우연히 들은 거야. 괜찮아. 사람이 사람을 좋아하는 게 잘못도 아니고 누구 좋아할 수도 있지. 잘 크고 있네. 우리 해강이. 하하."

"하, 진짜……. 엄마한텐 비밀이야."

말 많은 아빠가 알아 버렸다. 그렇지 않아도 답답한 일뿐인데 가슴을 쿵쿵 치고 싶었다.

다음 날 학교 가는 길이었다. 게시판 앞에 애들이 잔뜩 몰려 있었다. 그중에 섞여 있는 우리 반 아이에게 물었다.

"무슨 일이야?"

"7월에 개교기념일 축제 열리잖아. 그날 연극을 하는데 배우 모집한대. 역사 동아리에서 주관하는 거라 배우 몇 명은 거기서 이미 정해졌대. 그런데 노예찬도 연극을 하신단다. 예찬이 좋아하는 애들이 오디션 본다고 난리야."

역사 동아리는 지율이가 활동하는 동아리다. 학기 초 동아리 모집 때 지율이를 따라 들어갈까 하다가 너무 티 나는 짓인 데다 역사에 관심도 없어 그만두었다.

아이들 틈을 비집고 들어가 공고문에 가까이 다가섰다. 연극의 배경은 일제강점기고 역사부원들이 한 달 동안 함께 대본을 썼다고 한다. 배우 이름 중에 회장과 지율이 이름이 보였다. 회장이 역사 동아리도 아닌데 저기 끼게 된 이유도 바로 알아차렸다. '역사 동아리 주관'이라고 적힌 문구 옆에 '학생회 협조'라고 적혀 있었다. 둘이 요즘 자주 이야기한 게 이것 때문이었다. 지율이와 이야기하며 웃던 회장 얼굴이 떠올랐다. 아니, 회장을 보고 지율이가 웃었던가? 어느 쪽이든 좋지 않다.

온몸에 잔뜩 힘이 들어갔다. 마음이 두 편으로 나뉘어 연극을 하자는 쪽과 하지 말자는 쪽으로 줄다리기했다. 생각해 보면 말도 안 되는 고민이다. 수업 시간에 발표도 한 번 못 하면서 무슨 연극 오디션을 고민하는지. 스스로가 우스웠다. 그런데 51:49였던 마음이 60:40으로 그러다가 70:30으로 점점 바뀌었다. 연극에는 배우만 필요한 것이 아니다. 나는 배우 모집 아래 적힌 스태프 모집 문구를 반복해서 읽었다.

그날 오후 역사부실에 찾아갔다. 부실에는 지원서를 받는 동아리 부원 한 명만 있었다. 1학년 때 같은 반이었던 다현이였다. 책을 읽던 다현이의 눈이 커다래졌다.

"헉스. 정해강이 여긴 웬일이셔?"

"스태프 지원자 많아?"

"아니, 배우 지원자는 넘쳐나는데 스태프는 미달이야."

"스태프도 연습에 계속 참석해야 해? 5주 동안 화요일, 목요일 두 번씩 하던데."

"그렇지. 그래서 더 안 하려고들 해. 배우도 아닌데 이것저것 도울 일도 많고 시간도 많이 뺏기니까. 중간에 그만둘까 봐 솔직하게 말하는 거야. 왜. 너도 포기하려고? 이거 학교 봉사 점수 있긴 한데……."

다현이가 자못 걱정스러운 눈빛으로 나를 바라보았다. 나는 말없이 스태프 지원서를 작성해 다현이에게 건넸다.

학교를 마치고 집에 와 보니 아빠가 있었다.

"아들 왔어? 아빠는 내일부터 해외 학회에 가야 해서 준비하려고 일찍 왔다."

"부럽네. 여행도 가고."

"여행이 아니고 학회라니까."

"네네. 그러시겠죠."

건성으로 대답하고 내 방으로 들어갔다. 게임이나 하려고 준비하는데 아빠가 내 방에 들어왔다.

"해강아, 아빠가 뭐 보여 줄까?"

"안 궁금합니다."

"우리 연구실에서 새로 만든 게 있어. 원하는 소리를 잘 듣게 해 주는 이어폰. 너 주려고 샘플 하나 가져왔는데 싫으면 말고."

왠지 손해 보는 기분이 들었다. 슬쩍 다가가니 아빠가 상자 하나를 건네주었다.

"인공지능 음파 증폭 이어폰이야. 너 주기 전에 집에서 한번 테스트하다가 우리 아들 첫사랑을 알게 됐지."

"아, 진짜. 비밀이라니까. 엄마가 듣겠어."

아빠가 재밌어 죽겠다는 표정을 지었다. 상자를 여니 무선 이어폰 한 쌍과 핸드폰 크기의 검정 기계가 들어 있었다. 일단 이어폰은 내가 쓰는 것과 별로 다를 것이 없어 보였다.

"사용법은 간단해. 이게 본체인데, 이걸로 원하는 대로 설정해서 맞추고 쓰면 돼. 그럼 설정한 소리가 더 잘 들려. 예를 들어 '자연의 소리'로 설정하고 비 오는 날에 음악을 들으면 빗소리가 증폭되어 음악과 어우러지지. 원래 음악에 빗소리를 넣은 것처럼 말이야. 음악과 사람의 목소리만 들리게 하거나 주변 음이 고루 들리게 하거나. 여러 기능이 있어."

"그러면 사람 목소리도 가능해?"

"당연하지. 위험에 빠진 사람의 소리를 감지하면 본체가 자동으로 경찰에 위치전송과 구조요청을 하고, 공연장에서 함성 때문에 가수 목소리가 들리지 않을 때 이걸 사용하면 가수의 소리만 증폭해서 깨끗하게 들을 수 있어. 소리의 방향을 수정해 각도와 주파수만 찾는 필터를 이용해 원하는 사람의 소리만 골라서……."

"아빠!"

나는 아빠의 말허리를 잘랐다. 그러지 않으면 언제까지고 끝나지 않을 터였다.

"응?"

"잘 쓸게요."

아빠를 내보내고 얼른 방문을 잠갔다. 본체 모니터를 터치하니 여러 가지 옵션이 떴다. '게임 사운드'로 설정하고 이어폰을 꼈다.

음파 증폭 이어폰의 성능은 놀라웠다. 소리가 달라졌을 뿐인데 몇 배나 실감 나게 게임을 할 수 있었다. 아무리 아빠가 너그러운 편이라지만 이런 걸 주다니. 아들이 게임에 중독되면 어쩌려는 걸까.

주말이 지나고 화요일부터 본격적인 연극 연습이 시작됐다.

연극 연습과 공연은 본관에서 한다. 본관은 1917년에 지어진 2층짜리 건물로 사적(史蹟)으로 지정되어 있다. 한마디로 너무 오래돼서 문화재가 된 거다. 역사적으로 중요한 의미가 있고 그 당시 보기 드문 고딕 양식의 아름다운 건축물이라 그렇다고 하지만 오래된 건 오래된 거니까. 본관 1층에 있는 두 교실은 예전에 음악실과 미술실로 사용되었다는데 보통 교실보다 크기가 커서 두 교실 가운데 있는 가벽을 치우면 꽤 넓은 강당으로 쓸 수 있다. 새로 지은 백주년기념관을 두고 매년 개교기념일 행사를 굳이 이 낡은 건물에서 치른다. 의미를 살린다는 이유로 말이다.

구석에 멀뚱히 앉아 있는데 역사부 부장 지원이 누나가 다가왔다.

“해강아, 스태프 지원해 줘서 고마워. 옆에 준비실에 가면 인쇄물 갖다 둔 거 있거든. 그것 좀 절반으로 접어서 소책자로 만들어 줄래? 미안하지만 첫날이라 여기 정신없으니까 거기서 해 주면 안 될까? 오늘은 그것만 하고 가도 좋아.”

첫날부터 운도 없다. 지율이가 연습하는 걸 못 보면 시간 내서 스태프를 하는 보람이 없는데.

별수 없이 준비실에 들어갔다. 책상 위에 놓인 인쇄물은 언뜻 봐도 족히 200장은 되어 보였다. 어둑한 구석방에서 종이 접기라니. 한숨이 나왔다. 음악이라도 들으며 하려고 가방에서 이어폰을 꺼냈다.

손바닥에 놓인 이어폰을 보고 생각했다. 음파 증폭 이어폰이라……. 혹시 이런 것도 가능할까? 지율이는 벽 너머에 있다. 연극하는 걸 직접 보고 싶지만 그럴 수 없다면 이걸로 지율이 목소리를 조금이라도 들을 수 있을까?

이어폰을 귀에 꽂고 본체 모니터를 켰다. 우선 ‘사람의 소리’를 선택하고 그다음 나타난 설정에서 연령은 ‘십 대’, 성별은

'여성'을 터치했다. 그런데 그게 끝이 아니었다. 집에서 게임 사운드를 고를 때는 없던 공간 선택 메시지가 나타났다. 산, 바다, 공연장, 지하철, 집, 교실 등 옵션이 30개가 넘었다. '교실'로 하려다 아래쪽에 있는 '문화재'를 터치했다. 어쨌거나 본관은 100년이 넘은 사적이니까. 그런데 또 다른 메시지가 떴다. 몇 년도 몇 월인지 입력하라고? 슬슬 화가 나려고 했다. 건물이 지어진 날짜를 입력하라는 건가? 본관이 언제 지어졌더라. 1917년? 1918년? 나는 대충 아무 숫자나 입력했다. 그제야 설정 완료 메시지가 뜨고 음악이 들렸다.

한창 인쇄물을 접고 있을 때였다. 음악 소리 사이로 갑자기 목소리가 흘러나왔다.

이태• 전에 너랑 나랑 소풍 간 날 기억하니? 진달래랑 찔레꽃이 지천으로 피고 북악산에 복사꽃이 흐드러진 봄날, 미국인이 곡예비행을 한 날 말이다. 나는 그날을 한시도 잊을 수가 없어야. 사람이 새처럼 하늘을 나는 것을 본 날이잖느냐. 그날 난 꿈을 비행사로 정했다. 뭐라고? 계집아이가 꿈도 야무지다고? 두고 봐라. 내가 마음먹은 건 꼭 해내고야 말지 않던?

• 두 해. 여기서는 세계적인 곡예비행사 스미스(Art Smith)가 여의도에서 내한 곡예비행을 선보인 1917년을 말한다.

이게 어떻게 된 거지? 너무 놀라 나도 모르게 이어폰을 귀에서 뺐다. 지율이 목소리가 또렷하게 들려왔다. 분명히 지율이 목소리였다. 설마 했는데 정말로 벽 너머의 소리까지 들을 수 있을 줄은 몰랐다. 놀라움이 좀 가라앉고서는 어리둥절해졌다. 말투와 분위기가 낯설어서다. 내가 아는 지율이의 부드러운 목소리와는 조금 달랐다. 지금 들은 목소리는 다소 낮고 차분하면서도 굳건한 느낌에 생기가 감돌았다. 그렇지만 곧 왜 그런지 알 것 같았다. 연극 연습이니까 평소랑 다를 수밖에.

다시 이어폰을 꽂았더니 잠시 후 새로운 소리가 들려왔다.

정숙아, 선생님과 동무들 앞에서 부르던 네 노래가 생각난다. 애달프고 구슬퍼 눈물짓게 하다가도 어느새 신이 나 발을 구르게 만드는 너는 분명 조선 최고의 가수가 될 게다.

나는 인쇄물을 접으면서 음악과 어우러지며 간간이 흘러나오는 짤막한 대사를 들었다. 목소리는 어느 순간 점점 작아지더니 여운을 남기다 끝이 났다. 음악이 BGM 역할을 해서일까? 왠지 가슴이 아렸다.

그건 놀라운 일이었다. 벽 너머 소리를 들은 것도 그랬지만 누군가의 말을 듣고 마음이 뭉클해진 건 정말 오랜만이었다. 아마 지율이 목소리라 그럴 거다. 지율이 목소리에는 그런 힘이 있으니까.

어느새 작업이 끝났다. 나는 인쇄물을 탁탁 두들겨 정리한 후 책상 위에 가지런히 두고 준비실을 나왔다.

두 번째 연습이 있는 목요일이었다. 지난번에는 내내 준비실에 있어서 연습 장면을 보는 건 이번이 처음이나 마찬가지였다. 그런데 시작한 지 얼마 되지 않았을 때 갑자기 부장 누나가 끼어들었다.

"잠깐만. 이거 맞는 거야? 이 부분 내용이 내가 아는 것과 좀 다른데?"

지율이 역할 대사 중에 잘못된 내용이 있다는 거였다. 하지만 확실히 아는 아이가 아무도 없었다. 부장 누나가 말했다.

"진짜 아닌 거 같은데……. 내가 이걸 왜 못 봤지? 얘들아, 그날 손님도 많이 오는데 확실하게 하자. 지율이는 지금 자료 조사해서 확인 좀 해 줄래? 누가 지율이 좀 도와줘."

나는 그동안 지율이랑 같이 무얼 해 본 적이 없었다. 그 흔한 수행평가조차 말이다. 이건 좀처럼 오지 않는 기회였다. 용기를 내어 손을 들었다.

"누나, 제가 같이 갈게요."

내가 한 말이 아니었다. 그건 회장이 한 말이었다. 부장 누나가 우리 둘을 번갈아 보았다. 그 모습에 초조해진 나는 나 자신도 놀랄 만한 말을 하고 말았다.

"예찬이는 배우라 연습해야 하니까 스태프인 제가 갈게요."

내 말에 부장 누나가 고개를 끄덕였다.

"그렇네. 해강이가 가서 좀 도와줘. 자, 다음 부분 연습하자."

나만 느끼는 게 분명한 회장의 따가운 눈빛을 뒤로하고 도서관으로 향했다.

처음으로 지율이와 나란히 걸었다. 둘이서 걷는 교정은 그동안 내가 알던 곳이 아니었다. 공기는 달콤하고 마주치는 모든 것이 처음 보는 것인 듯 새로웠다. 마치 다른 차원으로 이동한 것처럼.

"스태프 할 만해? 네가 스태프 지원한 거 알고 좀 놀랐어."

"아, 학교에서 봉사 점수 준다길래……."

나는 대수롭지 않은 척 대답했다. 지율이가 화단 앞에서 문득 걸음을 멈추었다. 겹겹으로 잎이 풍성한 분홍 장미가 눈에 띄었다. 탐스럽고 예쁜 꽃이었다.

"장미 좋아해?"

"장미 예쁘지. 그런데 저 꽃도 예쁘지 않아?"

지율이의 손가락이 가리키는 화단 한쪽 구석에는 가녀린 연보라 꽃이 무리 지어 피어 있었다. 본 적이 있지만 이름은 모르는, 저절로 피어난 들꽃이었다. 이럴 때 꽃 이름을 말하면 지율이가 날 좀 다르게 볼 텐데.

"국화 맞지?"

"국화과이긴 하더라. 며칠 전에 보고 예뻐서 이미지검색 해 봤어. 벌개미취래."

벌개미취라니. 들었다 한들 어차피 기억하지 못했겠다. 지율이가 말했다.

"생각해 보면 들꽃은 이름을 몰라도 모두 다 들꽃이라고 부르잖아. 근데 그게 꼭 원래 이름인 것 같지 않아?"

한 번도 들꽃에 대해 생각해 본 적이 없는데 지율이의 말을 듣고 보니 그런 것도 같았다.

우리는 도서관에서 함께 자료를 찾았다. 예상보다 금세 자료를 찾았고 대본 수정도 끝나 버렸다. 시간이 너무 빨리 지나갔다. 누군가 가위로 시간을 싹둑 잘라 낸 것 같았다.

도서관을 나서려는데 지율이가 가방을 챙기다 말고 무언가를 검색했다.

"벌개미취도 꽃말이 있네."

"아, 그래? 뭔데?"

지율이는 대답 대신 핸드폰 화면을 내 얼굴 가까이 들이밀었다. 꽃 사진 아래엔 이렇게 쓰여 있었다.

'너를 잊지 않으리.'

지율이와 도서관에 함께 다녀온 뒤로 열흘이 지났다. 그사이 우리는 조금씩 친해졌다. 그리고 그럴수록 회장의 곱지 않은 눈길과 마주치는 일도 잦아졌다.

연습을 이어 가던 어느 날이었다. 본관 강당에 들어가자마자 회장이 나에게 다가왔다.

"정해강. 준비실에 의상 박스 갖다 놨어. 지원이 누나가 다려 놓으래."

회장의 속이 뻔히 보였다. 공연 날짜는 아직 많이 남았다. 아마 나를 연습실에서 내보내려고 부장 누나에게 의상 얘기를 꺼냈을 것이다. 하지만 나는 아무 대꾸도 하지 않고 1학년 현동이와 함께 준비실로 갔다. 그게 편하니까.

회장의 날카로운 말이 뒤통수에 날아와 꽂혔다.

"제대로 했나 안 했나 이따 가서 검사할 거야!"

현동이가 툴툴거렸다.

"예찬이 형 말 되게 이상하게 하네요. 자기가 뭔데 검사를 한다고."

현동이가 맞장구를 바라는 눈빛을 보냈지만 나는 그냥 이어폰을 귀에 꽂았다. 그리고 묵묵히 다림질을 시작했다.

다림질은 쉽지 않았다. 그런데 이상하게도 기분이 나아졌다. 기분이 좋지 않을 때면 게임을 하거나 잠을 자곤 했는데 앞으로는 다림질을 해 봐도 좋을 것 같다는 쓸데없는 생각까지 들었다. 한창 다림질하는데 음악 사이로 지율이 목소리가 들렸다. 한동안 잊고 있던 일이다. 목소리는 지난번 인쇄물 작업 때 들은 그 말투 그대로였다.

왜 두렵지 않겠니. 두렵다. 아니, 사실 몹시 두려워 쉬이 잠이 들지 못한다. 하지만 이 일은 내가 해야만 한다. 내가 우리 중에 달음박질이 젤 빠르지 않니? 그리고…… 열다섯 여학교 학생을 의심하는 자는 많지 않을 테니.

암호는 이렇게 정했다. ㄱ, ㄴ, ㄷ, ㄹ…… 같은 자음은 순서대로 숫자 1, 2, 3……으로 바꾼다. 마찬가지로 ㅏ, ㅑ, ㅓ, ㅕ…… 같은 모음도 모두 순서대로 숫자 1, 2, 3……으로 바꾼다. 하지만 숫자와 동서남북은 따로 정해진 기호를 외워야만 한다. 그럼 이걸 한번 읽어 볼 테냐? ……. 맞다. 잘했다.

"무슨 암호가 이렇게 쉬워. 초등학생도 풀겠다."

"네? 형? 암호라뇨?"

나도 모르게 혼잣말을 하고 말았다. 적당히 대답을 얼버무리고 오늘은 이만큼만 하자며 현동이를 먼저 집으로 보냈다. 정리를 마치고 준비실을 나서려는데 문이 벌컥 열렸다. 회장이었다.

"다림질 다 했어?"

한숨이 나오려 했다. 나는 가라앉은 목소리로 되물었다.

"정말 검사라도 하러 온 거야?"

"너 한지율 좋아하냐?"

갑자기 훅 들어온 질문이었다. 내가 당황해서 대답을 못 하자 회장 입꼬리 한쪽이 올라갔다.

"맞지? 난데없이 어울리지도 않게 연극 스태프를 하지 않나. 자료 찾는 거 도와주겠다고 나서질 않나. 너처럼 로봇 같은 놈이 그러는 거 진짜 처음 봤네. 너 원래 다른 사람한테 관심 없잖아. 그런데 역사 점수는 좀 챙기면서 그러지 그러냐."

"뭐?"

"너랑 지율이랑 말이나 통하겠냐고. 걔가 왜 이번에 연극하는지 알기는 해?"

너무나 당황스러웠다. 회장의 질문은 내 예상 범주를 뛰어넘는 것들이었다. 내가 입만 달싹거리는 사이 회장은 쌩하니 밖으로 나가 버렸다. 적당한 대답은 언제나처럼 회장이 사라진 다음에야 떠올랐다.

혼자서 회장에게 하지 못한 말을 곱씹으며 후회했다. 6학년 때 느낀 그 더러운 기분이 다시 떠올랐다. 나는 왜 항상 한발 늦는 걸까. 기분이 한없이 가라앉았다.

그런데 그때, 나도 모르게 주먹이 꽉 쥐어졌다. 자꾸만 입을 다물면 도대체 내 할 말을 언제 할 수 있을까, 이런 생각이 문득 든 것이다.

회장은 이미 떠났지만, 조금 늦었지만, 나는 아무도 없는 본관 복도에서 낮게 읊조렸다.

"노예찬. 나에 대해 모르면서 함부로 말하지 마."

본관을 나서고 몇 발짝 걸었을 때 뒤에서 나를 부르는 소리가 들렸다. 지율이였다. 얼른 굳은 표정을 풀었다. 그런 모습은 지율이에게 보여 주기 싫었으니까.

"해강아, 집에 가?"

"응."

여전히 어렵다. 지율이와 조금 가까워진 건 맞지만, 이럴 때는 무슨 말을 해야 할지 모르겠다. 나는 생각나는 대로 아무 말이나 꺼냈다.

"그런데 그 암호문 말이야. 너무 풀기 쉽지 않아? 아닌가? 그런 게 오히려 더 풀기 어려우려나?"

"무슨 소리야?"

"조금 전 너 연습하는 소리 들었어. 대사에 무슨 암호 얘기 나오던데."

"암호? 그런 거 대본에 없는데? 그리고 나 오늘은 연습 안 하고 그냥 보기만 했어."

지율이가 의아한 표정으로 대답했다.

"뭐? 그럼 비행사가 되고 싶다, 그런 대사 한 적은 있어? 노래 듣고 싶다는 대사는?"

"그런 대사도 없어. 네가 잘못 들었겠지."

"그럴 리가 없는데……."

멍한 나를 보고 지율이가 알겠다는 듯 웃으며 말했다.

"너 배우 아니라서 대본 제대로 본 적 없겠구나. 잘 가. 내일 보자."

나는 그 자리에 우뚝 멈춰 섰다. 분명히 들었는데 대본에 없다니. 그럼 준비실에서 내가 들은 소리는 뭐지? 등줄기가 서늘해지면서 머릿속이 혼란스러웠다. 물어볼 사람은 아빠뿐이다. 아빠랑 얘기하면 10분은 기본이라 꺼려졌지만 어쩔 수 없이 전화를 걸었다.

"오! 정해강. 아들이 어인 일로 전화를 다?"

나는 아빠에게 그동안 있던 일을 이야기했다. 내 얘기를 다 듣더니 아빠가 말했다.

"귀신이네."

"하, 정말. 과학자 맞아?"

"과학으로 귀신을 증명할 날이 올지도 모르지."

"장난하지 말고. 내가 들은 게 지율이 목소리인 줄 알았는데 아니라고요."

"아, 진작 그렇게 얘기하지. 본체 설정 어떻게 했는지 자세히 말해 봐."

내 설명을 듣고 아빠가 잠시 생각하더니 말했다.

"음, 이론적으로 우리가 한 말은 사라지지 않고 영원히 존재해. 그래서 우리 주변에는 무한한 음파가 공존하고 있어. 우리가 모르는 소리의 세상이 있는 거야. 찾는 방법을 몰라 듣지 못할 뿐이지. 우리 연구팀은 그 소리의 세상에 들어갈 연구를 하고 있었어. 아빠가 보기엔 네가 설정한 조건에 맞는 어떤 음파의 증폭에 성공한 것 같다. 그렇다면 혹시? 해강아, 그 이어폰……."

"아빠, 누가 나 불러. 나중에 얘기해요."

전화를 끊었다. 한마디로 누군가 말한 과거의 소리를 들었을지도 모른다는 거였다. 본체를 켜고 모니터 설정을 다시 찾아보았다. 내가 설정한 연도는 1919년 2월이었다. 아빠의 말이 사실이라면 내가 1919년의 소리를 들었다는 말인데. 그럼 그건 누구의 목소리였을까. 지율이 목소리로 착각할 만큼 비슷했던 그 목소리는.

수시로 그 목소리가 떠올랐다. 그런 시간이 이틀을 넘어가자 머릿속에 거미줄이 잔뜩 쳐진 것 같았다. 내가 수학을 좋아하는 건 똑 떨어지는 정답을 구하는 순간의 짜릿함 때문이다. 이렇게 계산으로 해결되지 않는 문제는 가슴을 답답하게 했다. 이유를 알아야겠다.

수업이 끝나자마자 백주년기념관으로 갔다. 그곳에는 작은 박물관이 있다. 우리 학교의 옛날 사진, 학교 설립자의 후손과 선배들이 기증한 물건, 연도별 졸업 앨범, 옛 교복 등이 전시된 곳이다. 입학식이나 학교 행사가 있을 때마다 선생님들이 억지로 데려가는 곳이라 몇 번 가 본 적은 있지만 제대로 본 적은 한 번도 없다. 그곳에 가면 혹시 뭔가 알아낼 수 있지 않을까?

박물관 한가운데 있는 본관 디오라마(diorama)가 눈에 띄었다. 한쪽 벽이 없어 내부를 볼 수 있는 형태였다. 지금의 준비실 자리는 옛날에 음악 감상실이었다.

그 아래 적힌 문구가 보였다. 우리 학교가 지금은 남녀공학이지만, 처음에 세워졌을 때는 여학교였다. 정화여학교 설립자인 설리번 선교사는 음악에 조예가 깊어 본관에 음악 감상실을 만들고 축음기와 원통형 왁스 실린더를 두고서 간이 녹음실로도 사용했다고 한다. 설리번 선교사의 묵인 아래 신우회 회원들이 그곳에서 비밀 모임을 가졌다고도 적혀 있었다. 지금은 창고처럼 쓰이는 준비실에서 말이다.

박물관을 더 둘러보았다. 한쪽 벽면엔 온통 옛날 사진이 가득했다. 사진을 훑어보다가 다섯 명의 소녀를 찍은 흑백 사진을 보았다. 그중 가운데 서 있는 왠지 낯익은 소녀에게 눈길이 갔다. 흑백 사진인데도 영특한 눈빛이 느껴졌다.

고영신. 소녀의 이름이었다.

"어? 해강아. 여긴 웬일이야? 지나가다 보고 설마 했는데 정말 너였네."

지율이였다. 지율이가 웃으며 내 쪽으로 걸어왔다.

"어, 좀 알아볼 게 있어서."

"신우회 사진 보고 있었네?"

"어? 어. 그런데 사진은 처음 봐."

아는 척 얼버무렸지만, 신우회라는 모임은 지금에서야 알았다. 언젠가 들어 봤을지 몰라도 기억에는 없다.

"음. 잘 얘기 안 하는 건데, 너한테는 살짝 말해 줄게. 우리 증조할머니야."

지율이가 사진 속 가운데 소녀를 손가락으로 가리켰다. 그러고 보니 야무져 보이는 그 소녀는 지율이와 닮았다.

"사실 나 이 연극 하는 거 망설였어. 자신이 없었거든. 그런데 선생님이랑 회장이 내가 하면 할머니가 좋아하시지 않겠냐고 하더라고. 생각해 보니 그렇겠더라."

기분이 이상했다. 회장이 알고 있는 걸 나는 하나도 모르고 있었다.

로봇 같은 놈. 어쩌면 회장 말이 조금은 맞을지도 모른다.

"역사와 전통을 자랑하는 우리 진성중학교의 전신인 정화여학교 학생들이 신우회를 조직해 독립운동을 하다 옥고를 치렀다는 걸 다들 알고 있겠지."

다음 날 역사 시간이었다. 나른한 오후라 아이들이 여기저기서 하품을 했다. 그래도 선생님은 아랑곳하지 않고 수업을 이어 나갔다.

나는 달랐다. 신우회라는 말에 귀가 번쩍 뜨였다. 선생님이 TV 화면에 흑백 사진을 띄웠다. 어제 본 소녀들의 사진이었다. 그중 가운데 소녀의 사진이 확대되었다. 내 눈이 그 소녀의 사진에 못 박힌 듯 고정되었다.

"하지만 이걸 아는 사람은 많지 않을 거다. 신우회 회원 중 고영신은 1919년, 아직 추위가 가시지 않은 이른 봄에 이 암호문을 각 마을과 학교의 연락책에 전달했다. 거기엔 이렇게 적혀 있었지. 이게 무슨 뜻인지, 혹시 아는 사람?"

´8734`8104

3110 1412 351 4106 512 7310

고영신의 사진이 사라지고 낡고 빛바랜 종이 사진이 나타났다. 길쭉한 점처럼 생긴 기호와 숫자의 조합이다.

숫자! 문득 지율이의 대사인 줄 알았던 그 목소리가 떠올랐다.

암호는 이렇게 정했다. ㄱ, ㄴ, ㄷ, ㄹ…… 같은 자음은 순서대

로 숫자 1, 2, 3……으로 바꾼다. 마찬가지로 ㅏ, ㅑ, ㅓ, ㅕ…… 같은 모음도 모두 순서대로 숫자 1, 2, 3……으로 바꾼다.

설마……. 나는 TV 화면의 숫자를 내가 들은 규칙대로 자음과 모음으로 바꾸어 노트에 적어 나갔다. 손이 점점 떨리기 시작했다. 점처럼 생긴 두 기호의 의미는 듣지 못했어도 그것이 무엇을 나타내는지 충분히 짐작할 수 있었다.

순식간에 암호문을 풀고 나는 손을 높이 들었다. 손을 든 건 나와 한지율 둘뿐이었다. 하지만 모두가 나만을 보았다. 교실 안의 모든 것이 멈춘 것 같았다. 시간마저도.

지율이는 나를 향해 보일 듯 말 듯 미소를 짓더니 가만히 손을 내렸다.

"오, 정해강. 선생님 기억으로는 처음으로 손을 든 것 같네. 아주 기대되는군."

회장이 눈을 가늘게 뜨고 나를 빤히 바라보았다. 그 눈빛은 너는 못 할 거라 말하고 있었다. 내가 모르는 걸 네가 알 리가 없다고.

목덜미가 뻣뻣해지고 심장이 두근거렸다. 그러나 그건 회장 때문만은 아니었다.

모든 것이 한순간에 알아졌다. 내가 들은 건 진짜 1919년의 목소리였다. 정화여학교 학생들이 비밀 모임을 가졌던 공간에서 나는 고영신의 목소리를 들었다. 100년이 훌쩍 넘는 시간 동안 맴돈 그 소리를, 늘 그랬던 것처럼 안으로 삼켜 버릴 수는 없었다.

나는 천천히, 그러나 또렷한 목소리로 입을 열었다.

"3월 1일…… 대한 독립 만세."

사방에서 낮은 탄성이 쏟아졌다. 선생님이 화색이 가득한 얼굴로 물었다.

"정말 대단하네. 어떻게 알았니?"

"들었어요……."

"듣다니, 뭘?"

"저 암호문을 전달한, 고영신의 목소리를 들었어요."

선생님이 너털웃음을 짓고 말했다.

"해강이가 어디선가 이 암호에 대해 들은 적이 있는 모양이구나. 사람들은 잘 모르지만, 일제강점기에 독립운동가들은 여러 암호를 사용했어. 고영신에게 저 사진 속의 암호문을 전달받고 인근 사방에서 들불처럼 3·1운동이 일어났지."

수업이 끝났다. 회장의 복잡한 눈빛과 마주쳤다. 나는 그 눈을 피하지 않고 똑바로 바라보다가 지율이에게 다가갔다. 그리고 말했다. 너에게 들려줄 목소리가 있다고.

나에게 1919년이라는 해는 본 적은 있지만 이름은 알지 못

하는 들꽃과 같았다. 그 들꽃 같은 소리가 나를 찾아왔다. 잊지 말아 달라고. 잠깐만 돌아봐 달라고. 그리 많은 시간을 뺏지는 않을 거라고…….

지율이에게 이어폰 한쪽을 건넸다.

다시, 1919년 고영신의 목소리가 들려왔다.

열다섯은 밀지 대신 책보를 들어야지. 갖고 싶은 게 있다고 아버지께 어리광을 부려야지. 칼을 찬 순사에게 끌려가는 대신 어머니의 품에 안겨야지. 내 좋은 동무와 비밀을 속삭여야지. 빼앗긴 나라를 걱정하기보다 좋아하는 이를 보고 설레어야지. 꿈을 꾸고 넓은 세상을 소망해야지. 정숙아, 열다섯 살이라면 응당 그런 세상에 살아야 하지 않겠니. 그런 세상이 오면 나는……. 꽃 피는 날, 눈이 부신 날에 푸른 하늘을 훨훨 날 테다.

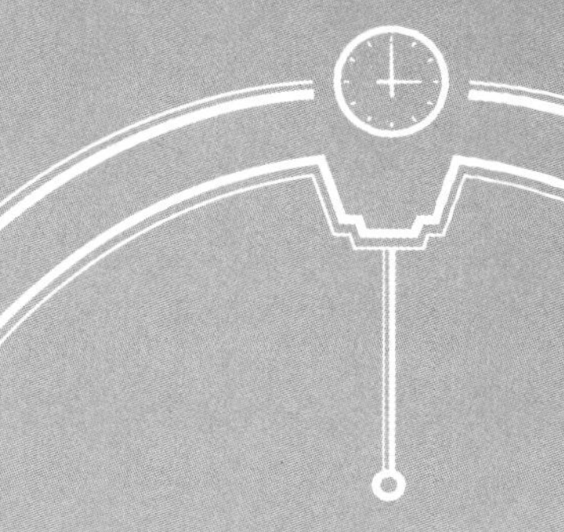

달 아래 세 사람

2021년 제7회 한낙원과학소설상 수상작품집 『항체의 딜레마』 수록

7월 병오일 밤 2경에서 4경까지 월식(月蝕)이 있었다.

— 승정원일기

달항아리가 보인다.

시청 앞 잔디 광장에 세워진 높이 12미터의 달항아리는 멀리서도 눈에 띄었다. 조선백자 달항아리를 재현한 것으로 사람들은 달 시계라 불렀다. 달이 차고 기우는 모습을 시시각각 보여주니 제법 잘 어울리는 별칭이다. 보름달이 뜬 날에는 달항아리도 그처럼 탐스러운 빛을 한껏 내뿜었고, 초승달이 뜬 날에는 같은 모양새로 은은하게 빛났다. 하늘의 달과 지상의 달. 시청 앞 잔디 광장에는 언제나 두 개의 달이 있다.

8월의 늦은 오후, 후텁지근한 대기 속에서 작품 안내판을 가만히 읽어 보았다.

작품명 달항아리, 작가명 서현우.

이 거대한 설치 미술 작품은 얼마 전 세상을 떠난 아빠의 마지막 작품이다.

달항아리 아래로 이어진 계단을 내려가면 지하 미술관이 나온다. 지하 3층 규모의 미술관은 여섯 개의 전시실로 나뉘어 있다. 그중 4전시실에는 조선 후기 유명 화가들의 그림이 전시되어 있어 늘 관람객이 북적였다. 아빠도 4전시실에서 자주 시간을 보내곤 했다. 그곳에 자꾸만 보고 싶은 그림이 있다고 했다. 하지만 나는 4전시실을 지나쳐 곧장 6전시실로 갔다. 아빠의 작품이 있기 때문이다. 역시 달을 주제로 한 아빠의 조형 작품을 보니 어느 날 아빠와 함께 나눴던 말이 떠올랐다.

"은별아, 조선 시대 도공들이 달항아리를 어떻게 만들었는지 아니?"

"몰라. 어떻게 만들었는데?"

"크기가 큰 달항아리를 만들려면 흙으로 윗부분과 아랫부분을 따로 만든 뒤 이어 붙여야 했단다. 그런데 그렇게 하면 접합 부위가 서로 약간 뒤틀리게 돼. 자세히 보면 항아리 몸통 한가운데 가장 불룩한 부분이 어긋나 있어. 전체적으로 완벽하게 동그란 모습이 아니라 불균형인 거지. 하지만 도공들은 그걸 깎아 내거나 매끈하게 다듬지 않았어. 완벽히 둥글게 만들 수도 있지만, 그보단 약간 불완전해도 그 모습이 더 자연스럽다고 생각했던 거야."

아빠는 잠시 아무 말이 없었다. 그러더니 뜬금없는 질문을 던졌다.

"은별아. 만약에 과거로 갈 수 있다면 넌 언제로 가고 싶니?"

"과거? 별로 가고 싶지 않아. 어린 시절로 간다면 앞으로 어떤 일이 벌어질지 이미 다 알잖아. 그렇다고 100년 전, 200년 전으로 가고 싶지도 않고. 그 옛날에 뭐 좋은 게 있겠어?"

나는 일말의 고민도 없이 대답했다.

"정말 그렇게 생각해?"

"응. 미래면 또 모르겠지만. 그럼 아빠는?"

그때 아빠는 대답은 하지 않고 빙그레 웃기만 했던 것 같다.

아빠는 달을 참 좋아했다. 몇 시간이고 하염없이 달을 바라볼 때도 있었다. 그럴 때면 엄마와 나는 아빠에게 말을 붙일 수도 없었다. 살짝 건드리기만 해도 다른 세상으로 가 버릴 것만 같았으니까.

내가 아기였을 때 달에 기지가 만들어졌다. 시간이 흐른 지금 2045년의 사람들에게 달은 지구의 식민지이자 거대한 자원일 뿐이었다. 아무도 아빠처럼 달을 바라보지 않았다. 어린 내가 보기에도 아빠는 이 시대와 어울리지 않는 사람이었다.

아빠와의 추억을 되새김질하는 사이 어느새 미술관 폐관 시간이 되었다. 밖으로 나가려면 기념품점을 지나가야 했다. 그런데 입구 근처에 아이들이 바글바글했다. 가까이 다가가 보니 아이들 모두 홀로그램 광고를 보고 있었다.

'어린이의 꿈과 상상력을 키우는 천체 관측 이벤트!'

'8월 27일, 직접 조립한 천체 망원경으로 월식을 관측해 보세요!'

이틀 뒤에 월식이 있구나. 나도 어릴 때 아빠와 조립 키트로 망원경을 만들어 하늘을 관측하곤 했다. 장난감 같은 망원경이었지만 달의 작은 크레이터까지 잘 보였다. 조금만 더 배율이 높았더라면 달 기지도 보였을지 모른다.

아이들 사이를 비집고 나와 달항아리 미니어처가 쌓여 있는 선반 앞을 지날 때였다. 누군가 내 이름을 불렀다.

"은별이니?"

엄마의 동료이자 아빠의 절친한 친구인 장 교수님이었다.

"아, 안녕하세요. 교수님."

엄마와 다툰 날, 이런 곳에서 장 교수님을 만나다니……. 기분이 껄끄러워 어색하게 인사했다.

"은별이 맞네. 아빠 작품 보러 왔구나. 나도 지나는 길에 생각나 들렀다."

엄마와 아빠는 장 교수님의 소개로 만났다. 장 교수님은 가장 아끼는 두 사람을 소개했지만, 안타깝게도 둘은 달라도 너무 달랐다.

엄마는 평생 모범생 코스로 공부만 한 물리학자였다. 항상

한 치의 흐트러짐도 없는 모습이 꼭 시계 같았다. 반면 아빠는 규칙적인 생활과는 거리가 멀었다. 며칠 동안 말없이 사라졌다가 나타난 적도 여러 번이었다. 너무나 다른 둘 사이에서 나는 꽤 힘든 어린 시절을 보냈다.

잠시 어색한 침묵이 흐르고 어른들이 주로 할 말이 없을 때 하는 질문이 이어졌다.

"은별이가 중학교 3학년이지? 학교는 잘 다니니?"

"네……."

"그렇구나. 그래야지. 엄마가 네 걱정을 많이 한단다. 엄마는 너밖에 모르잖니. 참! 이건 혹시나 해서 물어보는 건데 집에서 달항아리 미니어처를 본 적 있니? 여기에서 파는 거랑은 조금 다른데."

"아니요? 못 봤는데요."

"그래? 이거 참. 아무 데나 둘 물건이 아닌데……. 아빠 작업실을 다 찾아봐도 없더구나. 내 친구지만 참 이해가 안 가. 예술가는 다 그런 건지. 그걸 꼭 직접 보고 싶었을까."

"네?"

"아, 그런 게 있다. 혹시 찾으면 만지지 말고 바로 나한테 연락 부탁한다. 또 보자."

장 교수님은 내 대답은 듣지도 않고 미술관 밖으로 빠르게 발걸음을 옮겼다. 남들이 이해할 수 없는 말과 행동을 자주 하는 장 교수님다웠다.

엄마는 굳은 얼굴로 현관에 서 있었다.

"지금까지 어디 있다가 온 거야? 전화기도 꺼 놓고."

대답 없이 방으로 들어가자 엄마가 내 뒤를 바짝 따라 들어왔다.

"너 아직도 수업 시간에 딴생각만 한다며. 이제 그만할 때도 되지 않았어?"

엄마의 말에 속에서 무언가 울컥 치밀어 올라 날카롭게 쏘아붙였다.

"뭘 그만해?"

"아빠 사고로 많이 힘든 건 알겠는데……. 공부는 안 하지, 툭하면 결석하지. 병원 가서 상담 좀 받자니까 그것도 싫다 하지. 언제까지 이럴 거야."

"또 공부 얘기. 엄마는 아빠가 보고 싶지도 않지? 엄마야말로 상담 좀 받지 그래?"

"뭐?"

"엄마 이중인격이 얼마나 심각한지 모르나 봐. 엄마가 다른 사람들에게 하는 말은 다르던데? 이 세상에는 공부보다 중요한 게 많다며? 성공보다 행복이 소중하다며? 그런데 나한테는 어떻게 해? 온종일 공부 얘기만 하잖아. 유치원 때부터 엄마 때

한 과거, 내가 보지 못할 미래에도 분명 사람들은 이 땅에서 살았고 살아갈 테니까요.

조선의 아름다운 그림 '월하정인'을 보며 시공간을 초월해 창작자와 조우했던 순간은 잊을 수 없는 경험입니다. 이렇게 살아가면서 마음에 남는 순간들과 나를 사로잡는 것을 만나면, 글을 쓰고 싶어집니다.

저의 첫 소설집 『모르페우스의 문』은 과거와 미래, 예술과 과학에 대한 저의 조그만 관심을 담은 결과물입니다.

부족한 글이 독자 여러분 덕분에 생명을 얻었습니다. 읽어주신 모든 분께 진심으로 감사드립니다. 부디 좋은 시간이 되셨길 바랍니다.

2024년 가을, 소향

모르페우스의 문

1쇄 발행 2024년 11월 8일

지은이 소향
펴낸이 배선아
펴낸곳 고즈넉이엔티

출판등록 2017년 3월 13일 제2022-000078호
주 소 서울특별시 마포구 성지1길 35, 4층
대표전화 02-6269-8166 **팩스** 02-6166-9199
이 메 일 gozknockent@gozknock.com
홈페이지 www.gozknock.com
블 로 그 blog.naver.com/gozknock
페이스북 www.facebook.com/gozknock
인스타그램 www.instagram.com/gozknock

ISBN 979-11-6316-607-8 03810

표지/내지이미지 Designed by Freepik

이 도서는 2024년도 한국문화예술위원회 아르코문학창작기금(문학창작산실)
사업에 선정되어 발간되었습니다.

문에 숨 쉴 틈도 없이 살아왔어."

"다 너 잘되라고 그러는 거잖아. 네가 하고 싶은 거 다 하게 해 주려고 엄마가 얼마나 애쓰는지 알아?"

"내가 하고 싶은 게 뭔데?"

"그건……. 다양한 분야를 공부하다 보면 찾을 수 있을 거야. 네 나이가 그럴 때잖아. 그 과정이 얼마나 중요한지 아니? 네가 지금 누리는 게 다 누구 덕인데."

"아! 돈 못 버는 아빠 대신 엄마가 가장이었던 거 알아 달라는 거야? 그런데 그거 알아? 사람 질리게 만드는 게 엄마 특기인 거. 그날 엄마가 아빠를 그렇게 몰아세우지만 않았어도 아빠는 지금 살아 있을 거야. 다 엄마 탓이야!"

조금 심했나 싶은 생각이 든 순간, 엄마는 얼굴이 하얘지더니 밖으로 나갔다. 기분 나쁜 정적이 방 안 가득 무겁게 내려앉았다. 심장 뛰는 소리가 북소리처럼 귓속에서 둥둥 울렸다.

엄마와의 대화는 시험이나 성적, 아니면 그날의 내 일정에 관한 것이 대부분이었다. 오늘은 학교 끝나고 연구실에 실험 결과를 보러 가야 하고, 내일은 오케스트라 연습이 있고, 주말엔 봉사활동을 가야 하고……. 연구하고 강의하기도 바쁘다면서 내 일정을 줄줄 읊는 엄마를 볼 때마다 정말이지 도망치고 싶은 마음뿐이었다.

아빠는 엄마와 달랐다. 항상 내 생각을 먼저 물었고 내 말에 귀 기울여 주었다. 엄마에게는 좋은 남편이 아니었을지 몰라도 나에겐 한없이 좋은 아빠였다.

그런데 한 달 전, 세상에서 가장 든든한 내 편이 사라졌다. 엄마와 아빠가 심하게 다툰 날 일어난 교통사고 때문이었다. 그러니까 아빠가 죽은 게 모두 엄마 탓이라고 말한 건, 진심이다.

적막이 가득한 방에 한참을 오도카니 앉아 있었다. 얼마쯤 지났을까. 문득 미술관에서 장 교수님을 만났던 일이 생각났다. 달항아리 미니어처……. 아빠는 미니어처 같은 걸 집에 가져온 적이 없다. 그런 조악한 기념품을 좋아하지 않는다. 그런데 문득 그런 생각이 들었다. 아빠가 그토록 좋아하는 달항아리니 미니어처 하나쯤은 가지고 있을지도 모른다는 생각. 만약 그렇다면 그걸 어디에 뒀을까?

내 방을 나와 아빠의 서재 앞에 섰다. 하지만 안으로 들어가지 못하고 손잡이를 만지작거리기만 했다. 아빠가 돌아가시고는 엄마도 나도 서재에 들어가지 않았다. 문을 열면 아빠가 있을 것만 같아서였다. 잠시 후 숨을 한번 크게 들이마시고 살며시 서재 문을 열었다.

여기저기 살피다 벽장 깊숙한 곳에서 작은 트렁크를 발견했다. 트렁크 안에는 뜻밖의 물건이 들어 있었다. 사극에서 본 조선 시대 양반들이 입는 한복이었다. 한복이라니. 예상치 못한 물건이었다. 트렁크에 한복을 도로 넣으려는데 구석에 있는 작은 상자 하나가 눈에 띄었다. 조심스럽게 상자를 열어 보니 그 안에 달 시계 미니어처가 있었다.

이게 장 교수님이 말한 그걸까? 보기에 그리 특별해 보이지는 않았다. 만지지 말라는 말은 가볍게 무시해도 좋을 만한 평범한 미니어처였다. 그런데 좀 더 살펴보니 미술관 기념품점에서 파는 것과는 조금 달랐다.

기념품점의 미니어처는 아빠의 달항아리처럼 달의 변화를 조명으로 보여 주는 취침용 무드 등이다. 하지만 이건 무드 등이 아니다. 몸통 한가운데, 어긋나고 비뚤어졌지만 자연스러운 아름다움을 보여 준다는 가장 불룩한 부분, 그곳에 디지털 숫자가 깜빡이고 있었다.

— 음력 2045년 7월 13일 20시 48분.

음력? 오늘이 음력으로 7월 13일인가 보다. 달 시계라 음력으로 만든 건가? 디지털 숫자 위에는 'No. 28'이라고도 적혀 있었다. 무엇을 뜻하는 번호일까.

상자 안에는 편지가 있었다. 현우에게. 현우? 아빠다.

현우에게.

네 부탁을 들어주기까지 무척 고민이 많았다. 아직 테스트 단계라서. 대신, 이건 왕복으로 딱 한 번만 쓸 수 있게 만들었어. 네가 원한 그날로만 갈 수 있고 출발 버튼을 누르면 돼. 다

시 돌아오려면 도착 버튼을 누르면 되고. 파손되면 돌아올 수 없다는 걸 잊지 마. 단 전원 문제라면 월식 주기가 맞춰질 때까지 기다려. 잠깐이지만 다시 한번 기회가 주어질 거야. 하지만 그곳과 이곳의 월식 주기가 맞는 시간은 얼마 되지 않을 거야. 한마디로 조심, 또 조심하라는 말이다.

그럼 네가 그토록 소망했던 단 한 번의 특별한 시간 여행을 즐기길 바란다.

나도 모르게 피식 웃음이 나왔다. 왜 교수님이 미니어처를 만지지 말라고 했는지 알 것 같았다. 나이 많은 아저씨들이 이런 장난을 치다니.

벽에 기대어 앉아 미니어처를 만지작거리며 생각했다. 이게 만약 타임머신이라면 아빠는 어디로 가고 싶었던 걸까? 그날이란 언제일까? 가서 무엇을 하려고?

그때였다. 나를 찾는 엄마의 목소리가 들렸다. 점점 가까워지는 엄마의 발소리에 가슴이 두근거렸다. 얼른 서재 문을 잠갔다.

"은별아, 여기 있니? 엄마랑 얘기 좀 하자."

"혼자 있고 싶어."

"은별아, 엄마한텐 이제 너뿐이야. 너마저 없으면 엄만……."

더는 듣고 싶지 않았다. 이게 진짜 타임머신이면 좋겠다. 그러면 어디든 엄마가 없는 곳으로 나를 데려다줄 테니까.

나도 모르게 디지털 숫자 아래의 출발 버튼을 손가락으로 꾹 눌렀다. 그러자 숫자들이 슬롯머신의 숫자판처럼 빠르게 움직였다. 숫자들은 어느 순간 움직임을 멈추더니 강한 빛을 쏘았다. 반사적으로 눈을 질끈 감을 수밖에 없었다.

*

어지러웠다. 살며시 눈을 떠 보니 나를 둘러싼 풍경이 바뀌어 있었다. 가로등 하나 없이 캄캄한 어느 시골 마을이었다. 바뀐 것은 풍경만이 아니었다. 냄새도 그랬다. 난생처음 맡아 보는 낯선 공기의 냄새. 바람이 어디선가 축축한 흙냄새를 실어 왔다. 도대체 이게 무슨 일인가 어리둥절해 멍하니 있는데, 누군가 나를 담벼락 쪽으로 황급히 잡아끌었다.

"아무리 야심한 시간이라도 너무 눈에 띄는 차림이오. 게다가 여인일 줄이야."

이상한 소리를 하며 나를 잡아끈 건 도포를 입고 갓을 쓴 남자애였다. 그 애는 누가 쫓아오기라도 하듯 연신 사방을 두리번거렸다. 나보다 한두 살쯤 많아 보이는 곱상한 얼굴이 달빛에 환하게 빛나고 있었다.

"누, 누구세요?"

"누구냐니? 예서 만나기로 한 성균관 유생 홍윤석이오."

이 말투는 뭐지? 내가 당황하자 홍윤석이라는 그 애는 의아하다는 표정으로 말을 이었다.

"이번 청나라 사신단 중에 천리경을 가져온 자가 있다 하여 연통했잖소. 그대가 아니오?"

"성균관 유생? 청나라? 지금 조선 시대 드라마 찍고 있나요?"

"찍다니, 무얼…… 찍는단 말이오? 천리경은 그러한 물건이 아니오. 또한 여기가 조선이 아니라면 대체 어디란 말이오."

"하아, 뭐라고요? 지금 연기하는 거 아니에요? 조선? 도대체 무슨 말을 하는 거예요."

나는 주변을 둘러보았다. 카메라는커녕 지나다니는 사람 하나 없었다. 불길함이 엄습했다.

"저……. 혹시, 오늘이 몇 년 몇 월 며칠이죠?"

"계축년 칠월 열사흘이지 않소. 날짜와 시간, 장소까지 내 약조를 재차 확인하였거늘……."

"계축년? 그게 몇 년도인데요. 양력 날짜는 몰라요?"

그때 얕은 물웅덩이에서 반쯤 모습을 드러낸 미니어처 시계가 보였다. 얼른 달려가 시계를 집어 들었다.

— 음력 1793년 7월 13일 20시 56분.

1793년? 정말 여기가 조선이란 말이야? 망했다. 장 교수님의 편지가 사실이었다니. 게다가 1년 전도 10년 전도 아닌 1793년 조선으로 와 버렸다니. 그럼 아빠가 252년이나 과거로 가려고 했단 말이야? 도대체 왜?

기억을 모았다. 편지에는 다시 돌아오려면 도착 버튼을 누르라고 적혀 있었다. 그래. 돌아갈 방법이 있어. 떨리는 손으로 도착 버튼을 눌렀다. 하지만 아무 일도 일어나지 않았다. 좀 더 길게 꾹 눌러 보았다. 그런데 이번에는 디지털 숫자의 불빛이 아예 꺼져 버렸다.

심장이 덜컥 내려앉았다. 파손되면 돌아갈 수 없다고 했는데 여기서 죽을 때까지 살아야 하는 건가? 설마……. 물기가 마르면 괜찮아지겠지? 나는 스스로 다독이면서 1793년에 무슨 일이 있었는지 기억해 보려고 애를 썼다. 이때 임금이 누구였더라? 영조? 정조?

"혹시…… 지금 조선의 임금님이 영조의 손자인가요?"

"그렇소만. 성상께서 왕위에 오르신 지 열일곱 해요."

눈앞이 아득해졌다.

"저기, 성균관 유생님, 믿어지지 않겠지만, 내 얘기 좀 들어줄래요?"

나는 유생에게 내 상황을 모두 설명했다. 아빠의 이야기까지도. 유생은 사뭇 진지한 표정으로 이야기를 들어 주었다. 그렇지만 그의 대답은 기대와 달랐다.

"미안하오만, 그 얘기를 지금 나보고 믿으라는 거요?"

나는 두 팔을 다급하게 흔들며 말했다.

"그래서 내가 믿어지지 않을 거라고 했잖아요. 하지만 진짜예요. 이런 옷 본 적 있어요? 티셔츠라는 건데 미래 사람들이 입고 다녀요. 여기 한양이죠? 나중에는 이름이 서울로 바뀌어요. 난 2045년 서울에서 왔어요. 오고 싶어서 여기에 온 게 아니라고요. 그러니까 쉽게 말하면 사고가 난 거예요. 시간 사고."

내 말에 유생은 손에 턱을 괴고 골똘한 표정으로 한참이나 나를 보았다. 그러다 마침내 입을 열었다.

"그대가 정말 미래에서 왔든지 그렇지 않든지 간에 여인이 이런 이상한 차림새로 돌아다니는 것은 아니 될 일이오. 천리경은 얻지 못하고 도리어 과객을 만나다니. 이런 낭패가 있나. 그나저나 어디 묵을 곳은 있소?"

"묵을 곳이 있겠어요? 저 여기 처음이라니까요!"

듣고 보니 틀린 말도 아니다. 아늑한 방에 있다가 졸지에 조선의 과객, 아니 노숙객이 되어 버렸다. 설마 지금 꿈을 꾸는 건 아니겠지?

유생은 도포를 벗어 나에게 건네주었다.

"따라오시오."

나는 유생이 건넨 도포를 뒤집어쓰고 고장 난 달 시계를 품에 앉았다. 그리고 난생처음 만난 홍윤석이라는 조선 유생의 뒤를 따랐다.

"아야."

이런 길에 익숙해질 수 있을까. 돌에 걸려 넘어지면서 신고 있던 하얀 슬리퍼 한 짝의 끈이 떨어지고 말았다. 홍 유생이 급히 나를 일으켜 주려다 말고 말했다.

"의복도 그러하고, 버선도 신지 않고, 또 그 신은 어째. 꼭 오랑캐의 복색 같소."

오랑캐라니. 희한한 헤어스타일에 말 타고 칼 휘두르는 그 오랑캐? 나는 굳은 표정으로 홍 유생의 얼굴을 빤히 바라보았다.

"아, 내 말이 언짢았구려. 미안하오."

"나중에는 다 이런 거 신고 다녀요. 지금 입은 치렁치렁한 그 옷 덥지도 않아요?"

홍 유생이 갑자기 우뚝 걸음을 멈추었다. 어느 집 문 앞이었다. 그러더니 나만 남겨 두고 그 집으로 혼자 쑥 들어가 버렸다.

덜컥 겁이 났다. 기분 나쁜 티를 좀 냈다고 날 두고 가 버린 걸까? 끈 떨어진 슬리퍼를 들고 문 앞에 맨발로 서 있었다. 시간이 너무나 천천히 흘렀다. 점점 초조해졌다.

이대로 기다려야 할지 안으로 들어가야 할지 고민하는데 유생이 나와 낮은 목소리로 말했다.

"조용히 따라오시오."

그가 구세주처럼 보였다. 또다시 나 혼자 두고 갈까 봐 얼른 좇아갔다. 유생이 안내한 곳은 초가집에 딸린 외딴 방이었다.

"성균관에서 반수교만 건너면 반촌이오. 이 방은 나와 내 벗들이 경학 외의 학문을 논할 때 사용하는 반촌 구석의 가장 고요한 곳이오. 당분간 예서 묵으시오. 나는 이만 동재•로 돌아갈 터이니 편히 쉬시오."

말을 마치고 문고리를 잡는 유생을 급히 불러 세웠다.

"저기요."

밖으로 나가려던 유생이 나를 돌아보았다.

"생각해 보니 제 이름도 말하지 않았네요. 전 은별이에요. 서은별. 정말 고맙습니다."

내 말에 홍 유생이 싱긋 웃더니 대답했다.

"그럼 은별 낭자, 편히 쉬시오."

홀로 남겨진 어두운 방 안에 적막이 가득했다. 이 세상에 나 혼자만 있는 것 같았다.

멀리서 북소리가 들려왔다. 가만히 세어 보니 스물여덟 번이었다. 북소리라니……. 밤에 북소리 말고 다른 소리는 들리지

• 성균관 명륜당 앞의 동쪽에 위치한 유생들의 기숙사. 유생들이 거처하며 글을 읽었다.

않는 곳에 왔다는 것이 조금씩 실감 났다.

가만히 방 안을 둘러보았다. 검소하고 단정한 조선 선비의 방이었다. 좌식 책상 위에는 도형과 별자리 그림이 가득한 책이 펼쳐져 있었고, 한쪽 벽에 문짝 두 개가 달린 제법 근사해 보이는 나무장이 보였다. 방 모서리의 키 큰 책장에는 책이 가지런히 꽂혀 있었다. 그리고 그중 한 칸을 달항아리가 차지했다. 아빠가 봤으면 얼마나 좋아했을까.

창을 열었다. 커다란 달이 둥실 떠 있었다. 나는 달 시계를 다시 살펴보았다. 숫자가 여전히 꺼져 있었다. 엄마는 지금쯤 서재 문을 열었을까? 내가 아빠 대신 조선에 왔다고는 생각조차 못 하겠지?

나도 모르게 눈물이 흐르고 원망이 울컥 솟아올랐다. 이 모든 게 엄마 탓이다. 엄마가 아빠의 반만큼이라도 나를 이해해 줬다면 시계의 버튼을 누르는 일 따위는 애초에 생기지 않았겠지. 그러니까 엄마를 다시 만난다면 이 말을 꼭 해야겠다.

"세상에서 날 가장 힘들게 하는 사람은 바로 엄마야."

"선비님, 기침하셨습니까?"

밖에서 들려오는 목소리에 눈을 떴다. 문풍지를 바른 방문이 환했다. 아침이었다. 황급히 일어나 어젯밤 유생이 내어 준 남자 한복으로 갈아입었다. 머리 모양도 유생과 비슷하게 묶었다.

“아, 네. 들어오세요.”

문을 여니 웬 아주머니가 밥상을 들고 서 있었다.

“홍 선비님께서 어젯밤 아우님이 계신 방에 아침상을 들이라 이르셨습니다.”

“감사합니다. 잘 먹겠습니다.”

아주머니의 호기심 어린 눈초리가 느껴졌다.

“홍 선비님만큼이나 육촌 아우님께서도 무척 고우십니다. 여인이라 해도 믿겠습니다.”

“하하, 제가 좀 그런 소리를 듣습니다. 사내치고 너무 고운 얼굴이 제 콤플렉스입니다.”

내 말에 아주머니는 무슨 소린지 도통 모르겠다는 표정을 짓고 자리를 떴다.

백김치와 나물 두 가지, 미역국이 전부인 소박한 밥상이었다. 하지만 어제 저녁을 먹지 못한 탓에 바로 군침이 돌았다. 밥 한 숟갈을 크게 떠서 꿀꺽 삼켰다. 따끈하고 달짝지근한 밥맛이 고스란히 느껴졌다. 적당히 기름진 감칠맛 나는 소고기미역국은 자꾸만 숟가락을 바쁘게 만들었다. 매일 먹던 3D 푸드 프린터로 프린팅한 음식이나 안드로이드 셰프가 만든 것과는 달랐다. 나는 사흘은 굶은 사람처럼 밥그릇을 싹싹 비웠다.

오랜만에 사람이 만든 음식을 먹자 또다시 엄마가 떠올랐다. 항상 바쁜 엄마가 직접 요리하는 날이 1년에 딱 하루 있었다.

바로 내 생일이었다. 내가 중학생이 되기 전까지 엄마는 내 생일마다 미역국을 끓이고 케이크를 만들었다. 맛은 별로였지만 나는 늘 생일을 기다렸다. 미역국과 케이크 때문이 아니었다. 요리하는 엄마의 뒷모습을 보는 게 좋아서였다. 그때는 우리 사이가 꽤 좋았다.

"홍윤석이오. 들어가도 되겠소?"

방문 밖에서 유생의 목소리가 들렸다. 하루 만에 익숙해진 건지 목소리가 반가웠다. 지금 내가 여기에서 아는 사람이라고는 홍윤석, 단 한 명뿐이니까.

"네. 들어오세요."

그가 조선의 옷으로 갈아입은 나를 보고 웃으며 말했다.

"어젯밤은 편히 주무셨는지."

"아니요. 침대가 아니라서 너무 딱딱하고 불편했어요. 그래도 감사합니다."

홍 유생이 빙그레 웃으며 가죽신을 내어 주었다. 낯선 모양이지만 진한 자줏빛의 무척 고운 신이었다.

"이게 뭐예요?"

"낭자와 함께 미래에서 온 신이 망가져 내 당혜•를 준비해 왔

• 조선 시대 가죽신. 코와 뒤꿈치에 덩굴 무늬를 놓아 만든 마른 신으로 주로 양갓집 부녀자가 신었다.

소."

마음이 뭉클해졌다. 하지만 고맙다고 말하는 게 왠지 부끄러워 나도 모르게 엉뚱한 말을 내뱉었다.

"이제 내가 미래에서 왔다는 걸 믿어 주는 건가요?"

"적어도 청나라에서 온 것 같지는 않소."

글공부하는 사람이라 말로는 도저히 이길 수 없다. 배부르게 먹고 나니 마음이 푸근해져서일까. 여행을 온 건 아니지만 밖에 나가고 싶어졌다.

"제가 지금 한가롭게 관광을 다닐 때는 아닌데요, 한양 구경을 하고 싶어요."

"그럽시다. 혹 내가 미래의 조선에 가게 된다면 낭자도 그리해 주셔야 하오."

"오시기만 하면 기꺼이 그러죠."

거리는 어젯밤과 사뭇 달랐다. 그토록 조용하던 곳이 사람들로 시끌벅적 활기가 넘쳤다. 옷감이나 장신구를 파는 가게, 책을 파는 가게, 붓과 종이를 파는 가게에 고기를 파는 가게도 있었다. 온갖 상점과 이색적인 물건이 가득한 거리를 정신없이 구경하는데 문득 어젯밤 홍 유생이 했던 말이 생각났다.

"궁금한 게 있어요. 망원경, 그러니까 천리경은 왜 구하려고 하는 거예요? 여기에는 파는 곳이 없어요?"

"천리경은 구하기 힘든 물건이오."

"천리경으로 무얼 하려고요?"

"관상감•에서 내일 밤 월식이 있을 것이라 여러 달 전에 임금께 아뢰었소. 그리고 유생들 사이에도 그 소문이 퍼졌소. 천리경으로 멀리 있는 물체를 바로 코앞에 있는 것처럼 또렷하게 볼 수 있다 들었소. 나는 월식을 자세히 보고 싶었소."

"월식? 그냥 눈으로 보면 되잖아요. 그게 뭐 그렇게 대단하다고요. 달이 지구 그림자에 가려지는 것뿐인데. 달은 그냥 커다란 암석 덩어리일 뿐이에요. 물론 자원이 풍부하고 우주로 나가는 발판이라 지구의 식민지로 삼긴 했지만요."

"증명할 길이 없다고 아무 말이나 하는 거요? 아예 미래에는 달에서 사람이 산다고 하지 그러시오."

"어? 어떻게 알았어요? 달에 기지가 세워진 지는 10년도 넘었고요. 지금은, 아니 그러니까 내가 살던 미래에는 과학자와 기술자 수백 명이 달에 살고 있어요. 얼마 전에는 달에서 첫 번째 아기도 태어났다고요."

홍 유생은 대답이 없었다. 아마 내가 거짓말을 한다고 생각하겠지? 그럴 만도 하다. 조선의 선비가 받아들이기엔 믿기 어려운 말일 테니까. 한적한 길로 접어들자 그가 말했다.

• 예조에 속하여 천문(天文), 지리(地理), 역수(曆數), 기후 관측, 각루(刻漏) 따위를 맡아 보던 관아.

“형님이 계셨소. 글공부보다 수학과 천문학, 역학을 더 좋아하셨지. 그에 대한 서책을 읽고 들려주실 때면 어린 나도 그리 신기하고 즐거울 수가 없었소. 허나 아버님은 중인들이나 하는 일에 관심을 가진다고 탐탁지 않아 하셨소.”

수학과 과학을 좋아하는 성균관 유생이라……. 시대에 어울리지 않는 사람이 여기에도 있다니.

“형님은 10년 전 연행 사절로 청나라에 가시게 되었소. 넓은 세상을 보게 된다며 무척 들뜨셨지. 청나라에서 천리경을 구해 올 테니 돌아오면 꼭 월식을 함께 보자 하셨소. 허나 병약한 몸으로 엄동설한 먼 길이 힘드셨던지 그만 돌아가시고 말았소. 하여 형님과 약속했던 9년 전의 월식은 볼 수 없었소. 형님이 이 세상에 계시지 않고, 사흘을 내리 비가 내렸기 때문이오.”

홍 유생의 목소리에는 그리움이 진하게 스며 있었다.

“비록 이 세상에 형님은 계시지 않으나 형님과 이루지 못한 약조를 꼭 지키고 싶었소. 실은 낭자가 살던 세상의 이야기를 들을 때 가슴이 뛰었소. 형님의 짧은 생이 헛되지 않았다는 뜻이니 말이오. 미래의 조선에서 온 낭자가 보기엔 하찮아 보일 터이나 천리경으로 월식을 보는 것이 그러한 세상의 시작이 아니겠소. 누구보다 하늘을 가슴에 품고 살았던 형님이 바라시던 세상 말이오.”

가슴속에 잔잔한 물결이 일었다. 우리는 말없이 한참을 걸었다. 수표교를 건널 때쯤에야 나는 유생에게 한마디를 건넸다.

"이번 월식은 나랑 같이 봐요."

온종일 거리를 구경하고 나니 어느새 날이 어두워졌다. 반촌에 거의 도착했을 때 갑자기 빗방울이 후드득 떨어지기 시작했다. 하루 종일 걸어 다녀서 발에 감각이 없어질 지경이었지만 처소를 향해 힘껏 달렸다.

방에 들어오자마자 홍 유생은 나무장을 열고 끈 떨어진 내 슬리퍼를 꺼내 왔다. 그러고는 연장으로 슬리퍼를 고치기 시작했다. 밖에서 들려오는 빗소리가 연장으로 툭툭 치는 소리를 감쌌다. 잠시 뒤 연장 소리가 멈췄다.

"다 되었소. 미래의 조선에서 온 그대에겐 아무래도 미래의 신이 더 편하겠지."

"와! 대단해요. 저 나무장 안에 있는 것도 다 선비님이 만든 거예요? 글공부하는 선비가 어쩜 이렇게 재주가 좋아요?"

"어찌 우리 아버님과 똑같은 말씀을 하시오."

왠지 신기가 아까워 슬리퍼를 나무장에 도로 넣었다. 익숙하지 않아도 이곳에 있는 동안에는 유생이 준 당혜를 신기로 했다. 나는 슬리퍼 옆에 달 시계를 나란히 놓았다. 고장 난 달 시계를 보고 유생이 말했다.

"이것이 그대를 이곳으로 보냈다는 물건이오?"

"네. 아무리 솜씨 좋은 선비님이라도 이걸 고칠 수는 없겠죠. 내가 집으로 돌아갈 수는 있을까요?"

"그럴 수 있을 거요."

"형님 얘기를 들을 때 아빠가 생각났어요. 아빠는 왜 1793년의 조선에 오고 싶었던 걸까요? 아빠가 유독 조선의 예술품을 좋아하기는 했지만, 솔직히 아직도 이유를 모르겠어요. 아빠가 전에 물은 적이 있어요. 만약 과거로 갈 수 있다면 언제로 가고 싶냐고. 그때 나는 가고 싶지 않다고 했거든요. 하지만 지금 다시 묻는다면 아빠가 돌아가신 날이라고 대답할 거예요. 그럼 아빠한테 말할 수 있으니까요. 밖에 나가지 말라고. 오늘은 그냥 나와 같이 있자고……."

빗소리가 더 세차게 들려왔다.

"내일 월식을 볼 수 있을지 모르겠네요. 비가 계속 오면 어쩌죠?"

"이번에 못 보면 다음번을 기다리면 되지 않겠소."

홍 유생이 나를 향해 빙그레 웃었다. 그리고 시계로 시선을 옮기더니 한참을 바라보았다.

유생이 돌아가고 내리는 비를 보며 생각했다. 유생의 말처럼 이제 기다리는 일만 남은 걸까? 이곳에 머물다 보면 아빠가 여기 오려고 했던 이유가 무엇인지 알 수 있을까?

새벽쯤이었다. 잠결에도 낯선 인기척이 느껴져 눈을 뜬 순간 희미한 어둠 속에서 누군가 내 눈과 입을 막았다. 어디론가 끌려가며 나에게 일어난 일을 떠올렸다. 그리고 생각했다. 이게 다 꿈이라면. 눈을 떴을 때 내 방 안이라면. 그리고 방문을 열었을 때 요리하는 엄마의 뒷모습을 볼 수 있다면…….

길고 괴로운 시간이 흘렀다. 소리를 지르고 싶어도 입에 재갈이 물려 있어 그럴 수가 없었다. 어디에 묶여 있는 건지 몸을 움직이기 힘들었다. 발버둥을 치면 꽉 묶은 줄이 가슴을 죄어와 숨쉬기만 더 어려워졌다.

끼이익.

오래된 나무문이 열리고 누군가가 나를 일으키더니 끌고 갔다. 덜컥 겁이 났다. 날 어디로 데려가는 걸까. 설마 이 낯선 곳에서 죽는 건 아니겠지?

어디로 가는지도 모르는 채 내리는 비를 맞았다. 엄마가 생각났다. 참 이상한 일이다. 그렇게 엄마가 없는 곳으로 떠나고 싶었는데, 왜 계속 엄마 생각이 나는 걸까.

얼마간의 시간이 흐른 뒤 눈을 가린 천이 풀렸다. 커다란 기와집 마루에서 근엄함이 느껴지는 중년 남자가 나를 내려다보고 있었다. 눈매를 보자마자 홍 유생의 아버지라는 걸 한눈에 알았다. 위압적인 분위기에 나도 모르게 어깨가 움츠러들었다.

그때 홍 유생이 집 안으로 황급히 뛰어 들어왔다.

대감이 숨을 몰아쉬는 유생과 나를 번갈아 보다 느릿한 말투로 물었다.

"네가 반촌에서 무엇을 하고 다녔는지 그동안 내가 모르는 줄 알았느냐. 저 계집같이 생긴 놈은 누구냐. 너에게 저런 육촌 아우가 있었더냐?"

"제 벗입니다."

"벗? 반촌 어멈이 전에는 본 적이 없을뿐더러 말투와 행동거지도 수상한 자라 했다."

"아닙니다. 저와 함께 천문을 공부하는 벗입니다. 말투가 조금 다른 것은…… 먼 곳에서 왔기 때문입니다. 제 귀한 벗에게 이러시면 안 됩니다."

"천문? 천문은 대체 왜 공부하는 것이냐. 선비에게 경학보다 중한 것이 있느냐."

"경학이 중요치 않다는 것이 아닙니다. 어떤 학문이 백성들의 삶을 더 낫게 만들 수 있는지 고민하는 것입니다."

"진정 하늘을 보는 것이 백성들에게 도움이 된다고 생각하는 것이냐."

"백성들이 명나라의 절기를 그대로 따라 쓰다 농사를 짓는데 애를 먹자 세종께서는 천문 기구를 만들어 우리 땅에 맞는 절기를 찾아내셨습니다. 세종께서 하신 일이 경학보다 중하지 않다 할 수 있습니까? 하늘을 보는 것은 작은 일이나 말 못 하던 어린아이가 문자를 익혀 글을 쓸 줄 알게 되듯, 먼 훗날 달에서 사람이 사는 세상의 시작이 될 수도 있는 일입니다."

이상했다. 나무라는 듯 보였지만 대감의 근엄한 표정 속에는 온화함이 숨겨져 있었다. 한 올 한 올 곤두섰던 머리카락이 조금씩 가라앉았다. 빗줄기도 약해지기 시작했다.

"그럴듯하구나. 허나 그렇다면 네 힘으로 이룬 것은 무엇이냐. 무엇으로 백성을 이롭게 하였느냐? 가문이 미천하였다면 네가 한가한 중인 놀이를 할 수 있었겠느냐? 일신이 편안하니 엉뚱한 쪽에 관심이 가더냐. 반촌 어멈이 저자가 외국의 첩자일까 저어된다 하였다. 도대체 네가 무슨 짓을 하고 다니는 것인지 내 저자를 단단히 문초할 것이다."

이건 도대체 무슨 소리지? 이렇게 끌려온 것도 억울한데 나를 문초하겠다니? 나는 대감을 향해 다급히 소리쳤다.

"잠깐만요. 첩자라니요. 저는 선비님의 벗이 맞습니다. 좀 멀리서 오기는 했지만요."

"네가 윤석이의 벗이란 걸 어찌 믿으란 말이냐?"

"그, 그건……."

그때였다. 대감 앞의 탁자에 놓여 있는 물건이 보였다. 양 끝에 끈이 달려 있고 두 렌즈를 연결하는 가운데 부분이 접혀 있는 것이 꼭 안경 같았다.

"저, 잠깐만요. 저것은 안경인가요?"

유생이 내가 가리키는 물건을 보고 말했다.

"애체 말이오? 남석•으로 만든 것인데 아버님이 요즘 서책을 보기 힘들다 하셔서 내가 구해 드렸소."

머릿속에서 생각이 전속력으로 달리기 시작했다. 이거다.

"대감께서 애체를 사용하시는 것처럼, 세종께서 만드신 천문 기구가 백성들이 농사짓는 데 도움이 된 것처럼, 천리경도 쓸모 있는 물건입니다. 선비님은 천리경을 구하려 하셨고 저는 그걸 만들 수 있습니다. 그래서 온 것입니다. 그러니 제가 천리경을 만들면 저를 보내 주세요."

대감이 두 눈썹 사이를 좁히며 말했다.

"네가 청나라에서나 구할 수 있는 천리경을 만들겠다고? 그래. 좋다. 내 백번 양보해서 네가 그 물건을 만들어 낸다면, 너희 작당이 그 정도 가치는 있다고 인정해 주지. 대신 실패한다면 각오하거라."

해낼 수 있다. 어릴 때 아빠랑 만들었던 케플러식 망원경, 기념품점에서 팔던 조립 키트처럼 만들면 된다.

케플러식 망원경을 만들려면 두 개의 볼록렌즈가 필요했다. 대물렌즈는 크고 평평해야 하고 접안렌즈는 작고 볼록해야 한

• 경주 남산에서 채굴한 수정.

다. 안경을 사용하는 시대라면 렌즈도 구할 수 있을지 모른다.

나는 덩치 큰 청지기와 함께 저자의 안경방에 갔다. 여러 렌즈를 서로 겹쳐 보면서 적당한 것을 골랐다. 기름을 먹인 두꺼운 검은 종이로 경통 두 개를 만들고, 대물렌즈 경통 안에 접안렌즈 경통을 끼워 넣었다. 청지기는 잠깐이라도 눈을 떼면 내가 도망이라도 칠까 싶은지 기둥처럼 서서 내 일거수일투족을 감시했다. 나는 청지기에게 완성된 망원경을 내밀었다.

"다 됐어요. 한번 보시겠어요? 두 경통 거리를 조절하다가 상이 선명해지면 멈추고 관찰하면 돼요."

청지기가 왼쪽 눈에 망원경을 대고 오른쪽 눈을 감았다. 그가 연신 감탄사를 연발했다.

"저 멀리 있는 성곽이 마치 코앞에 와 있는 것 같습니다. 참으로 또렷하게 보입니다. 듣던 대로 정말 신기한 물건입니다."

집으로 돌아오는 내내 청지기는 망원경에 관해 묻고 또 물었다.

대감이 망원경을 눈에 대고 먼 곳을 바라보았다. 방향을 이리저리 바꾸던 대감은 어느 순간 우뚝 멈추고 한참을 그대로 있었다. 마른침이 꼴깍 넘어갔다. 마침내 대감은 망원경을 돌려주며 말했다.

"한낱 얕은 재주일 뿐이나 내 약조는 지키마. 허나 윤석아. 학문을 소홀히 여기지 말고 벗은 가려 사귀도록 해라."

대감이 자리를 떠났다. 나도 모르게 안도의 한숨이 새어 나왔다.

"곤욕을 치르게 해서 미안하오."

"선비님 탓이 아닌데요."

우리는 연못 위에 세워진 정자에 나란히 앉았다. 그제야 집안 풍경이 눈에 들어왔다. 홍 유생의 집은 무척 아름답고 기품이 있었다. 나는 연못 위로 무수히 많은 동심원이 나타났다가 사라지는 걸 가만히 보았다. 마음이 점점 평온해졌다.

"선비님은 하고 싶은 걸 못 하게 하는 아버지가 원망스럽지 않으세요?"

"한때는 그랬소."

"그런데요?"

"10년 전, 형님이 청나라에 가게 된 것이 사실은 아버님이 힘써 주신 덕분이란 걸 형님이 돌아가시고 한참 뒤에야 알게 되었소. 아버님은 새로운 세상을 보고 싶어 했던 형님의 소망을 알고 계셨던 것이오. 몸이 약한 형님이 무사히 돌아오기를 바라며 얼마나 애태우셨을지……."

얼마간 연못에 떨어지는 빗방울 소리만이 들려왔다.

"표현은 아니하시지만 나는 알고 있소. 아버님이 우리 형제를 무척 귀애하시고 자랑스레 여기신다는 걸 말이오."

엄마가 했던 말이 생각났다.

'네가 하고 싶은 거 다 하게 해 주려고 엄마가 얼마나 애쓰는지 알아?'

아침부터 내리던 비가 그쳤다. 나는 유생에게 망원경을 내밀며 말했다.

"제가 청나라 사신은 아니지만 천리경을 드리게 되었네요. 오늘 밤 월식을 볼 수 있겠어요."

홍 유생이 망원경을 건네받으며 미소 지었다.

우리는 집을 나섰다. 홍 유생은 나를 저자에 있는 비단 가게에 데려갔다. 어울리지 않는 남장을 해서 사람들이 더 이상하게 본 것 같다는 것이 이유였다. 나는 하얀 저고리와 푸른색 치마를 골랐다. 주인은 나에게 쓰개치마•도 권했다.

"어때요? 색이 마음에 들어 골랐는데 영 불편하네요."

홍 유생은 치마저고리를 입은 나를 보고 얼굴이 붉어진 채 아무 대답도 하지 못했다. 그런 홍 유생을 보자 민망해져 핀잔을 주었다.

• 부녀자가 나들이할 때, 내외하기 위해 머리로부터 몸의 윗부분을 가려 쓰던 치마 비슷한 것이다.

"빈말로라도 예쁘다는 칭찬 한마디 없어요?"

"아, 미안하오. 예가 아닌 듯하여……. 참으로 어여쁘오."

어느새 날이 어두워지고 있었다. 상인들이 저마다 가게 입구에 등불을 달았다. 거리의 풍경이 마치 꿈속을 거니는 것처럼 몽환적으로 변해 갔다.

홍 유생이 초롱을 들었다. 함께 한참을 걷는데 멀리서 북소리가 들려왔다. 조선에 도착한 날 밤에도 들었던 북소리였다.

"왜 밤마다 북을 치는 거예요?"

"인정•을 알리는 북소리요. 이제부터 파루••까지는 통행 금지요."

"통행 금지? 그런 것도 있어요? 우리 돌아다니다 잡혀가는 거 아니에요?"

"괜찮소. 반촌에는 순라군•••이 다니지 않소."

비가 그친 밤은 상쾌했다. 커다란 보름달이 휘영청 빛나고 있었다.

1793년 조선의 달은 2045년의 달과 달랐다. 빌딩 숲에 가려 보일까 말까 하는 모습이 아니었다. 세상을 온통 감싸는 휘황

• 밤 10시경 북이나 종을 스물여덟 번 쳐서 일반인의 통행을 금지했다.

•• 새벽 4시경 북이나 종을 서른세 번 쳐서 통행 금지의 해제를 알렸다.

••• 조선 시대에 도둑, 화재 등을 경계하기 위해 밤에 궁중과 도성 안팎을 순찰하던 군인.

한 달빛이었다. 그 빛이 걷는 길마다 짙게 어른거리는 달그림자를 만들었다.

풀벌레 소리가 들리는 어느 길모퉁이 담장 옆에서 유생이 멈춰 섰다. 유생의 눈길이 머무는 곳을 보고 나는 이유를 알았다. 낮게 떠 있는 보름달 아래서부터 위를 향해 검은 그림자가 아주 천천히 올라가고 있었다. 월식의 시작이었다. 유생은 품에서 망원경을 꺼내 달을 바라보았다.

그림자에 가려질수록 달은 점점 작아졌고, 달이 작아질수록 달빛은 점점 더 붉어졌다. 월식이 절정을 이루자 달은 진홍빛으로 붉게 물들고 사방이 어두워졌다.

그제야 말이 없던 홍 유생이 시를 읊었다.

"月沈沈夜三更, 兩人心事兩人知(월침침야삼경, 양인심사양인지)."

"무슨 뜻이에요?"

"달빛이 어두운 삼경, 두 사람 마음이야 둘만이 알겠지."

시간이 흐르고 달이 다시 커지기 시작했다. 달도 세상도 점점 밝아졌다. 홍 유생이 도포 소맷자락에서 무언가를 꺼내 나에게 건넸다.

"이걸 언제……."

전원이 켜진 미니어처 시계였다. 디지털 숫자가 깜빡인다는 것은 내가 2045년의 서울로 갈 수 있다는 의미였다.

"월식이 시작될 때 켜졌소. 부디 미래의 조선으로 무사히 돌아가길 바라겠소."

장 교수님의 편지가 생각났다.

'월식 주기가 맞춰질 때까지 기다려. 주기가 맞닿는 시간 동안 다시 기회가 주어질 거다.'

2045년의 달도 지금, 내가 있는 이곳 1793년의 달처럼 월식 중일 것이다. 두 개의 달, 두 월식이 만들어 준 기회다. 시청 앞 잔디 광장에 있는 아빠의 달항아리도 같은 모습이겠지.

홍 유생과 헤어져야 하기 때문일까, 아니면 시계를 건네주던 유생의 손길이 스쳤기 때문일까. 심장에서 시작된 저릿한 느낌이 온몸으로 퍼져 나갔다.

하고 싶은 말은 너무나 많은데 무슨 말을 해야 할지 몰랐다. 나는 유생도 그렇다는 것을 알았다. 고개를 들어 유생의 형형한 눈을 마주 보았다.

"고마웠어요. 그런데 이제 우리, 다시는 못 보겠네요."

"시공간을 넘어 낭자를 만난 기적을 내 오래도록 잊지 않겠소."

월식이 끝나 가고 있었다. 달빛이 밝아지는 만큼 디지털 숫자의 불빛은 희미해져 갔다. 나는 촉촉해진 눈가를 숨기려고 고개를 돌렸다. 하지만 이내 다시 유생의 얼굴을 똑바로 보고 손을 꼭 잡았다. 이 순간을 영원히 기억하려면 그래야 했다.

그렁그렁하던 눈물이 떨어지는 순간 시계의 도착 버튼을 눌렀다. 그러자 시계의 숫자들이 빠르게 움직이다 멈추고 강한 빛을 쏘았다. 너무 눈이 부셔 눈을 꼭 감았다. 그리고 나도 모르게 유생의 손을 놓고 말았다.

*

가벼운 현기증을 느끼고 눈을 떴다. 아빠의 서재였다. 하얀 저고리와 푸른색 치마를 입고 자줏빛 당혜를 신은 채였다. 눈가에 맺힌 눈물을 훔치고 시계를 보았다.

— 음력 2045년 7월 16일 0시 48분.

시계 숫자의 빛이 희미해지더니 곧 전원이 꺼져 버렸다.

거실로 나갔다. 내가 시간 여행을 떠나던 날 입고 있던 옷차림 그대로 엄마가 소파에 앉아 있었다. 힘없이 축 처진 엄마의 어깨가 낯설었다. 늘 강해 보였던 엄마가 한없이 약해 보였다. 내가 사라진 시간 동안 먹지도 자지도 못한 것 같았다. 엄마가, 나보다 작아 보였다.

엄마에게 가까이 다가갔다. 엄마는 내 열두 살 생일에 찍은 가족사진을 보고 있었다. 사진 속에서 우리 셋은 열두 개의 초가 켜진 케이크를 들고 환하게 웃고 있었다. 엄마가 만든 케이크였다.

사진을 보고 알았다. 나는 행복했던 추억을 잊고 있었다. 아니, 애써 지웠다는 게 더 맞겠다. 한 달 전, 내 열여섯 살 생일. 아빠에게 마지막으로 했던 말이 떠올랐다.

"안드로이드 말고 사람이 만든 케이크를 먹고 싶어."

그건 거짓말이었다. 내가 하고 싶은 말은 그게 아니었다.

'안드로이드 말고 엄마가 만든 케이크를 먹고 싶어. 옛날처럼 셋이서…….'

그랬다. 아빠가 돌아가신 건 내가 케이크를 먹고 싶다고 졸라서 비 오는 저녁에 아빠가 집을 나섰기 때문이 아니라, 엄마와 아빠가 다투었기 때문이라고 해야 했다. 그래야 엄마를 더 원망할 수 있으니까. 그러면 내 마음이 편해질 줄 알았으니까.

온몸이 점점 떨려 왔다. 나도 모르게 깊은 울음이 터져 나왔다. 울음소리에 뒤를 돌아본 엄마가 자리에서 벌떡 일어나더니 달려와서 나를 힘껏 안았다. 그리고 그저 돌아와 줘서 고맙다는 말만 연신 내뱉었다. 얼마 만일까? 나도 홀로 세상을 살아낸 엄마의 여린 어깨를 꼭 감싸 안았다. 엄마한테 달콤한 케이크 냄새가 났다. 짭조름한 미역국 냄새도 났다. 그리고 나는 엄마가 없는 곳에서 알게 된 내 마음을 말했다.

"엄마, 그동안 혼자서 많이 힘들었지. 미안해. 정말 미안해……."

"은별아, 엄마가 오늘 일이 많아 늦을 것 같아. 최대한 빨리 갈게. 밥 잘 챙겨 먹고."

"걱정하지 마. 내가 어린앤가 뭐."

전화를 끊고 잔디 광장의 하늘을 올려다보았다.

달이 떠 있다. 보름이 지나 조금 이지러지기는 했으나 여전히 밝은 달이다. 아빠의 달항아리도 같은 모양으로 빛나고 있었다. 그리고 나는 지금, 홍 유생을 만나러 간다.

달항아리 아래로 이어진 계단을 하나씩 딛고 지하 미술관으로 내려갔다. 이번에는 4전시실을 지나치지 않고 곧장 들어가 한 그림 앞에 멈춰 섰다.

No. 28
〈월하정인〉(1793년) 신윤복

달 아래 연인.

그림 속에는 두 남녀가 있었다. 그리고 낮게 뜬 조각달이 은은하게 그들을 비추고 있었다. 눈썹 같은 조각달은 초승달이 아니다.

월식 중인 달. 나와 홍 유생이 함께 바라보았던 그 달이다. 비가 그치고 난 조선의 싱그러운 여름밤, 아빠가 시간을 거슬러 보고 싶어 했던 그날의 달이었다.

1793년 반촌 어느 길모퉁이 월식 중인 달 아래, 나와 홍 유생

그리고 담장 너머 우리의 모습을 화폭에 담았던 화공, 이렇게 세 사람이 있었다.

달 아래 쓰여 있는 시를 읽었다.

"월침침야삼경, 양인심사양인지."

'달빛이 어두운 삼경, 두 사람 마음이야 둘만이 알겠지.'

나는 그림 속의 홍 유생과 나를 보며 추억했다.

우리 둘만이 아는 이야기를.

샴

"생각해 보면 일이 이렇게 된 건 제가 쌍둥이로 태어났기 때문인 것 같아요."

은선은 야무진 입매의 어린 의뢰인에게 말없이 녹차를 권했다. 자신의 부모를 고소하겠다며 찾아온 박다현이라는 고2 학생이었다. 그동안 수많은 의뢰인을 만나 봤지만, 이번엔 미성년자인 데다가 평범한 모습이라 찾아온 이유가 짐작조차 되지 않았다. 다현이 녹차를 한 모금 마시고 나서 조금 낮은 목소리로 물었다.

"이터널 메모리를 아시나요?"

"광고를 본 적이 있어. 세상을 떠난 사람의 데이터로 시뮬레이션 인격을 만들어 그 사람과 똑같이 제작한 안드로이드에 심어 주는 서비스잖아? 주로 가족이나 연인을 잃은 사람들이 찾는다고. 합법적인 서비스로 아는데?"

"그렇죠. 근데 그걸 안드로이드가 아닌 사람에게 했다면요?"

은선은 자신의 찻잔에 차를 따르다 말고 다현을 바라보았다.

"몇 년 전, 쌍둥이 언니가 사고로 죽었어요. 부모님은 내내 슬퍼하다가 저에게 시술을 허락해 달라고 부탁했어요."

"시술이라니?"

"엄마는 안드로이드 언니를 만들어 곁에 두는 것만으로는 슬픔을 달랠 수가 없었나 봐요. 한 달 넘게 울면서 빌더라고요. 일란성 쌍둥이인 제게 언니의 데이터를 이식하면 언니는 죽지 않은 거나 마찬가지라면서요. 당연히 처음에는 거부했죠. 그러니까 엄마는 아무것도 먹지 않았어요. 엄마까지 잃게 될 것 같아 겁이 나더라고요. 그래서 이식 시술을 허락했어요. 언니의 데이터를 또 다른 자아로 받아들이는 훈련까지 받았고요."

은선은 입을 다물 수가 없었다. 그렇다면 지금 자신과 마주 보며 앉아 있는 학생의 몸에 두 인격이 있다는 말인가?

"하지만 훈련도 소용없더라고요. 시술 후 지금까지 하루도 편히 살아 본 적이 없어요. 언니는 최대한 조용히 지내려 하지만 늘 머릿속이 혼란스러워요. 깊은 잠도 잘 수가 없고요."

은선이 녹차 한 모금으로 입을 축였다.

"언젠가 학교에서 제발 그 입 좀 닥치라고 소리쳤다가 벌점을 받은 적도 있어요. 하필 그때가 시험 시간이었거든요. 사실 그때 언니는 아무 말도 안 하고 있었는데, 언니가 했던 말이 항상 맴돌아 제가 착각했던 거예요."

"부모님께 이야기는 해 봤니?"

"당연히 했죠. 하지만 엄마는 매번 똑같은 대답을 했어요. 아직 마음의 준비가 되지 않았다고, 조금만 더 기다려 달라고요. 집에 들어가는 게 괴로워 늦게까지 거리를 헤매다 겨우 들어가곤 했어요. 저를 보면서 다현이라고 불렀다가 1분도 되지 않아 지현이라고 부르는데 정말 돌아 버릴 지경이었거든요. 아빠도 매일 언니 어린 시절 얘기만 해요. 두 분 다 과거에만 머물러 있는 거죠. 당장 제거 수술을 받고 싶어요. 그런데 부모 동의가 필요하다네요? 제가 미성년자라서요. 정말 웃기지 않아요? 내 몸인데 내 마음대로 할 수 없다니."

은선이 천천히 입을 열었다.

"재판이란 건 생각보다 지난해. 쉽지 않지. 네 케이스는 특수해서 세간의 과도한 관심을 받을 수도 있고 힘든 시간을 보내게 될 거야. 조금 더 참아 보면 어떻겠니? 어차피 내후년이면 성인이잖아. 부모님이 처벌을 받으면 네게도 좋을 게 없을 텐데."

"그 생각도 안 해 본 건 아니에요. 하지만 더는 이렇게 못 살겠어요. 단 하루도……. 제가 다현인지, 지현인지. 도대체 내가 누구인지 이제 헷갈려요. 후천적 샴쌍둥이는 그만두고 원래의 제 모습으로 돌아가고 싶어요."

고개를 숙이고 머리카락을 쥐어뜯던 다현이 곧 다시 입을 열었다. 그런데 조금 이상했다. 목소리는 같은데 말투가 묘하게 달라졌다.

"저는 지현이에요. 살아 있을 때 지현이라 불린 아이의 모든 기억과 가족을 사랑했던 마음 그 자체죠. 하지만 그렇다고 제가 진짜 지현일까요? 하루하루 확신이 깊어지고 있어요. 나는 그저 잔상이 아닐까 하는……. 거울에 비친 모습이 똑같다고 해서 거울 속 내가 진짜 나는 아니잖아요. 이제는 다현이를 자유롭게 해 줘야 할 것 같아요. 저도 함께요."

은선이 스크린 페이퍼를 내밀며 말했다.

"그래, 너희 둘 다 그렇다면야. 여기 위임 계약서에 사인해. 아, 너희는 둘이니까 둘 다 서명해야겠구나."

은선의 말에 다현이 서명했다. 그리고 두 번째로 지현의 이름으로 서명하려던 손이 멈추었다.

"아니. 서명하지 않겠어요. 다현의 몸에 들어앉아 살아 있는 척해도, 저는 이제 그저 전자신호일 뿐이죠. 그러니 서명은 다현이 혼자 하는 게 맞다 생각해요."

은선은 정말 그래도 되는 걸까 잠시 고민에 빠졌다. 그런데 문득 한 가지가 궁금해졌다. 은선이 조심스럽게 입을 열었다.

"시술을 받으면 지현이 너는 영원히 사라질 텐데…… 후회하지 않겠니? 다현의 몸을 빌려서라도 살고 싶지 않아?"

은선의 물음에 다현, 아니 지현이 천천히 입을 열었다.

"죽은 사람을 떠나보내지 못하는 것, 죽음을 두려워하는 것. 모두 인간의 몫 아니던가요?"

Schoolverse

2023년 SF 앤솔러지 『100년 후 학교』 수록

"날이 좋구나. 지오야, 문을 좀 열어 주겠니?"

선생님의 말씀이 떨어지자마자 지오는 희고 깨끗한 창호지가 발린 문을 활짝 열어젖혔다. 전라남도 강진의 반짝이는 햇살과 포근하고 향기로운 봄기운이 기다렸다는 듯 방 안으로 밀려들었다. 그와 동시에 지저귀는 새소리가 가까워졌다가 아득히 멀어졌다. 슬며시 졸음이 올 만한 조건은 모두 갖춰진 셈이었지만 오히려 그 반대였다. 싱그러운 풍경과 보글보글 끓는 찻물 소리에 잠기운이 달아났다. 다만 정좌가 불편해, 지오는 두툼한 방석 위에서 엉덩이를 들썩거리며 자세를 고쳐 앉았다.

이제 찻잔이 적당히 데워졌을 것이다. 선생님이 찻잔의 물을 퇴수기에 버렸다. 그리고 다관을 들어 차를 따르기 시작했다. 찻잔을 옮겨 가며 조금씩 차를 나눠 따르면서 그 양이 잔의 7부를 넘지 않도록 하는 자세가 정성스러웠다. 조르륵 차를 따르는 소리에 기분이 차분하게 가라앉고 그윽하게 퍼지는 차향에 온몸의 긴장이 스르르 풀렸다.

"나는 이곳 강진으로 유배 온 후에 혜장 스님에게 '걸명소'라는 이름의 편지를 보냈다. 말 그대로 차를 구걸하는 편지를 보낸 것이지. 차 없이는 견딜 수 없을 만큼 몸이 좋지 않았기 때문이다. 귀양살이로 굶기를 밥 먹듯 해 몸이 상한 것도 있지만, 정치적 탄압 때문에 화를 쉽게 다스릴 수 없던 탓도 컸다. 몸을 다스리기 위해서 무엇보다도 차가 절실했지."

오늘의 철학 수업 선생님은 다산 정약용이었다. 정약용 선생님이 복숭아뼈에 구멍이 세 번이나 날 정도로 오래도록 앉아서 책을 읽고 글을 썼던 다산초당에서 자신의 삶과 사상에 대해 말하고 있었다. 정약용은 무려 18년의 유배 생활을 하는 동안에 직접 차나무를 가꾸고 제다한 차를 맛보며 학문에 더욱 몰두했다고 한다. 지오는 자신이 살아온 세월보다 긴 시간 동안 유배 생활을 했던 정약용의 삶이 가늠조차 되지 않았다. 또한 수백 년 전에 살았던 정약용의 수업을 이토록 생생하게 들을 수 있다는 것이 여전히 놀라웠다. 이 모든 게 '스쿨버스'에 입학했기에 가능한 일이었다.

'스쿨버스(Schoolverse)'는 스쿨(School)과 유니버스(Universe)의 합성어로 지오가 다니는 메타버스 고등학교의 이름이다.

지오는 입학 전 아빠와 함께 스쿨버스에 접속했던 때를 떠올렸다. 예비 고등학생들이 스쿨버스 시스템을 체험해 볼 수 있는 입학 설명회 날이었다.

지오는 안락의자에 몸을 파묻고 가상현실 글러브를 손에 끼웠다. 가상현실 고글을 쓴 다음 고글 옆면에 있는 버튼을 누르자 접속이 시작되었다. 진한 파랑의 로그인 화면이 서서히 열리더니 지오는 어느새 스쿨버스 강당에 서 있었다. 스쿨버스 가상현실은 현실과 거의 구분하기 어려울 정도로 사실적이었다. 인공 감각 인터페이스 시스템을 통해 아바타가 체험하는 오감을 똑같이 느낄 수 있어 더욱 그랬다. 아바타가 만지면 내 손으로 만지는 것 같았고, 아바타가 달리면 내가 달리는 것 같았다. 향기로운 꽃향기나 달콤한 아이스크림의 맛까지도.

접속 후 다양한 맵을 체험하면서 지오는 학교 이름이 왜 '스쿨버스'인지 실감할 수 있었다. 우주유영, 화성 여행, 심해 탐험 그리고 역사 속 현장과 미래 세계까지. 스쿨버스 안에서는 공간의 제약이 없었다.

체험 시간이 끝나고 강당에서 교장 선생님의 연설이 이어졌다. 연설이 끝날 즈음 교장 선생님, 정확하게는 교장 선생님의 아바타가 잠시 말을 멈추고 물을 한 모금 마셨다. 그리고 예비 고등학생들을 한번 둘러보더니 다시 말을 이었다.

"여러분, 나노로봇으로 지식을 곧바로 전달받을 수 있는 요즘 시대에 학교는 더 이상 지식 전달을 위해 존재하는 곳이 아닙니다. 지식은 학교 밖에서도 얼마든지 배울 수 있죠. 그래서 학교가 곧 없어질 거라고들 했지만, 모두의 예상을 깨고 학교는 존속하고 있습니다. 왜 그럴까요? 스쿨버스는 지식뿐 아니라 학생 개인에 최적화된 인성 프로그램을 제공합니다. 기술의 발달만큼 윤리와 도덕 그리고 인간성이 함께 발달하지 않는다면 여러분은 길고 긴 삶 속에서 가치와 방향을 잃어버리게 될 테니까요. 사람 사이의 관계와 삶에 대한 성찰의 기회를 제공하는 데 현재 스쿨버스보다 효율적인 시스템은 존재하지 않습니다. 여러분! 스쿨버스는 다릅니다. 스쿨버스로 오세요."

입학 설명회가 끝났다. 접속을 끊고 고글을 벗는 지오에게 아빠가 흥분을 감추지 못하며 물었다.

"어때? 아빠가 얘기한 대로 정말 끝내주지? 널 위해 심사숙고해서 고른 곳이야. 마음에 들어?"

여전히 전통적인 학교를 고집하는 학부모들도 꽤 많았지만, 아빠는 뭐든 새로운 걸 좋아하는 사람이었다. 새로운 교육 시스템인 스쿨버스가 1차, 2차 교육과정을 거치며 보완을 거듭한 뒤, 이번 3차 교육과정에서는 개인별 맞춤 프로그램을 제공한다는 뉴스 보도도 아빠에게 큰 기대감을 불러일으켰을 것이다. 그러나 그런 아빠와 다르게 지오는 덤덤하기만 했다.

"글쎄? 잘 모르겠어. 전부 가상현실에서만 수업한다는 게 좀……. 지금처럼 오프라인 학교에 다니면서 필요한 수업만 가상현실로 하는 게 더 나을 것 같기도 하고."

심드렁한 지오의 반응에 아빠는 조금 실망한 듯했다.

"아빠는 여기 입학했으면 좋겠는데."

"생각 좀 해 보고."

"마감일 얼마 안 남았어. 얼른 결정해야지."

"생각해 본다니까?"

아빠가 잠깐 머뭇거리더니 입을 뗐다.

"사실은 벌써 등록했어."

아빠의 말에 지오가 고개를 홱 돌리며 목소리를 높였다.

"뭐? 나한테 묻지도 않고?"

"네가 이렇게 망설일 게 뻔한데 어떻게 기다려."

"그럼 입학 설명회는 뭐 하러 들은 거야?"

지오가 툴툴거리자 아빠가 달래는 목소리로 말했다.

"잘 생각해 봐. 수십 년 동안 팬데믹도 여러 번에 크고 작은 전쟁도 있었잖아. 대부분의 일자리도 인공지능이 차지했고. 이제는 평화기로 접어든 지 꽤 되었지만, 인류 역사상 22세기처럼 출산율이 낮은 적은 없었어. 그런데도 스쿨버스 구축에 교육부가 예산을 얼마나 쓴 줄 알아? 청소년 한 명 한 명이 얼마나 귀하면 그랬겠어."

지오는 생각에 잠겼다. 출산율이 낮은 이유는 다른 것이 아니었다. 사람들은 급격하게 변화하는 세상에 커다란 피로감을 느꼈다. 한 치 앞도 예측할 수 없는 세상, 내일은 또 다른 변화가 생겨날 오늘. 탄생부터 죽음까지 예측할 수 없는 일생을 산다는 불확실성이 현재의 삶에 만족하는 사람들조차 출산을 꺼리게 했다.

생활 방식의 변화도 두드러졌다. 뜻이 맞는 사람끼리 시골이나 섬에 들어가 소규모 공동체를 이루며 사는 경우가 많아졌다. 성공을 위해 감수해야 하는 치열한 노력과 그에 수반되는 여러 갈등을 피하려는 사람들이 늘어난 것이다. 어차피 국가에서 배당되는 기본소득에 약간의 노동만 더하면 본인의 삶을 안락하게 건사하는 데 문제는 없었다. 그 결과, 수십 년 전만 해도 당연하게 여겨졌던 보통 사람들의 일상적 풍경은 사라져 갔다. 대도시에 몰려 살고 러시아워에 출퇴근하기 위해 만원 버스나 지하철을 타는 모습은 이제 보기 힘들어진 것이다.

계속 묵묵부답인 지오에게 아빠가 다시 말했다.

"아빠 친구 딸이 지금 스쿨버스 3학년인데 너무 만족한대. 100퍼센트 가상현실 기반 수업인데도 이질감이 느껴지지 않고, 다양한 체험학습이며 수업의 질이 정말 대단하다더라. 그도 그렇지만 네가 이 학교에 꼭 갔으면 하는 이유가 있어서 그래. 너한테 아주 딱이라니까? 다른 학교랑은 달라. 여럿이 수업하지만 개인 특성에 따라 프로그램을 짜니까 일대일 맞춤 학교나 마찬가지야."

아빠의 계속된 설득에 마음이 기울면서도 지오는 그 후로도 한동안 스쿨버스 입학을 망설였다. 왜 그런지는 지오 자신도 콕 집어 말하기 어려웠다. 반면 선택의 여지도 없이 스쿨버스에 입학해야만 하는 학생들도 있었다. 지역적 특성 때문이었다. 지금 지오가 듣는 철학 A 시간만 해도 달 기지를 비롯한 다양한 지역에 사는 다섯 명의 학생이 수업을 받고 있다.

"나는 인간이 선(善)을 좋아하고 악(惡)을 부끄러워하는 기호를 타고난다고 생각했다."

갑자기 커진 정약용 선생님의 목소리에 지오는 다시 수업에 집중했다. 잠시 딴생각한 걸 들킨 것 같아 왠지 어깨가 움츠러들었다.

"그 기호를 거스르느냐 따르느냐 하는 선택에 따라 선행의 공(功) 혹은 악행의 과(過)가 이루어진다고 보았다. 인간은 주체적이고 자율적인 선택과 자주의 권리를 가진 존재인 것이지."

선생님이 두 손으로 찻잔을 감싸 쥐고 소리 없이 차를 마셨다.

"아! 선생님과 비슷한 주장을 한 철학자가 생각났어요."

당찬 목소리의 주인공은 오하늬였다. 하늬는 자기 생각을 표현하는 데 거침이 없었다. 지오는 언제나 당당하고 자신감 넘치는 하늬가 부러웠다. 그리고 언제부턴가 자꾸만 하늬를 바라보는 자신을 발견하고 스스로 놀라곤 했다. 어디 사는지, 꿈이 뭔지, 학교가 끝나면 무얼 하면서 시간을 보내는지 궁금했지만, 아직 그런 걸 물어볼 만큼 친하지는 않았다.

"그게 누구인가?"

"장 폴 사르트르. 그러고 보니 차를 좋아하는 것도 비슷하네요."

하늬가 웃었다. 시간을 멈추게 하는 듯한 웃음이었다.

"하늬 학생 대단하군. 그렇지 않아도 다 함께 사르트르를 만나러 가려던 참인데. 그럼 가 볼까."

선생님의 말씀에 다섯 명의 아이들이 자세를 곧추세웠다. 선생님이 버튼을 누르자 어디선가 안내 멘트가 흘러나왔다.

스쿨버스가 이동합니다. 목적지는 20세기 프랑스 파리입니다.

멘트가 끝나자마자 모두 순식간에 강진의 다산초당에서 프랑스 파리의 카페 '레 되 마고(Les Deux Magots)'로 이동해 왔다. 그곳에는 키가 작고 안경을 쓴 한 남자가 앉아 있었다. 그의 양 눈은 저마다 다른 방향을 보고 있어서 어디에 초점을 맞춰야 할지 몰랐다.

"반갑습니다. 나는 장 폴 사르트르요. 여긴 내 단골 찻집이고 이 자리는 내가 가장 좋아했던 자리입니다. 학생들은 이런 말을 들어 본 적이 있나요? 실존은 본질에 앞선다."

지오의 머릿속에 물음표가 잔뜩 떠다녔다. 긴 문장도 아닌데

도무지 무슨 말인지 이해가 되지 않았다.

사실 철학 A 수업은 지오가 원해서 선택한 과목이 아니었다. 지오의 의무 수강 과목이었다. 스쿨버스에는 자신이 선택할 수 있는 과목과 의무로 들어야 하는 과목이 있었는데, 의무 수강 과목은 학생 개개인의 특성과 필요에 맞춰 정해졌다. 그 특성과 필요를 알기 위해 신입생들은 입학 후 꼬박 하루에 걸쳐 온갖 검사를 받았다. 뉴스에서 보도된 개인별 맞춤 프로그램이었다.

"본질이란 어떤 것이 존재하는 이유나 목적을 말합니다. 손예준 학생, 신발의 본질은 무엇입니까?"

패션 디자이너가 꿈이라는 예준이는 달에 세워진 한국 기지인 '홍대용 기지' 거주민이다. 예준이는 지오가 반에서 가장 부러워하는 아이이다. 지오의 꿈은 달 기지 건축가이기 때문이다. 예준이가 화려한 스니커즈를 신은 오른발을 하늘을 향해 번쩍 들더니 발목을 빙빙 돌리며 말했다.

"신발은 패션의 완성이죠."

사르트르는 예준이의 대답을 듣지 못한 것처럼 지오에게로 고개를 돌렸다.

"지오 학생, 신발의 본질은 무엇입니까? 신발이 존재하는 이유나 목적이 무엇이죠?"

갑작스레 지오에게 질문이 날아왔다. 지오는 잠시 당황했지만, 곧 또박또박 대답했다.

"음. 발을 보호하는 것이요."

"그렇습니다. 그럼, 가방의 본질은요?"

"무언가를 담는 것입니다."

"맞습니다. 그럼, 인간의 본질은 무엇일까요?"

이번에는 말문이 막혔다. 사르트르가 고개를 한번 끄덕이고 말했다.

"인간에게는 본질이 없습니다. 인간은 그냥 존재하는 것입니다. 심지어 존재하고 싶어서 존재하는 것도 아닙니다. 그래서 실존은 본질에 앞서는 것이죠. 나는 인간이 자유롭도록 운명지어진 채, 자유를 선고받고 세상에 던져진 존재라 생각합니다. 인간에게 결정된 것은 자유 한 가지이며, 개개인의 삶의 목적은 이 자유를 바탕으로 한 선택에 달린 것이죠. '인생은 B와 D 사이의 C이다'라는 말은 들어 봤나요?"

누군가 들어 봤다고 하자 사르트르가 말을 이었다.

"인생은 선택의 연속이에요. 우리는 하루에도 수많은 선택을 해야만 합니다. 정답도 없는 선택을요. 그래서 인생은 탄생(Birth)과 죽음(Death) 사이의 선택(Choice)으로 이루어진 것입니다. 여러분은 오늘 어떤 선택을 했습니까? 여러분 삶의 목적은 무엇인가요? 요즘 여러분이 고민하는 일은 무엇입니까? 다음 시간에 다시 이야기해 봅시다."

수업이 끝났다. 정약용이, 사르트르가, 아이들이, 한 명씩 눈앞에서 사라졌다. 오늘 수업은 이것이 마지막이라 접속을 종료해도 되지만, 지오는 좀 더 머물다 가기로 했다. 아름다운 카페를 떠나기 아쉽기도 했고, 조금은 허무하게 느껴졌던 사르트르의 말이 왠지 마음에 남았기 때문이다.

지오가 허공을 클릭하자 매뉴얼이 나타났다. 음악을 고르니 매뉴얼은 사라지고 〈플라이 미 투 더 문〉이 잔잔하게 흘러나왔다. 지오가 가장 좋아하는 곡이었다. 지오는 음악을 들으며 오늘 수업을 곱씹었다. 그러자 머릿속에 낱말들이 떠다녔다.

실존, 본질 그리고 선택.

지오는 항상 선택이 어려웠다. 무언가를 결정하는 데 오래 걸렸고, 하나를 선택하고 나면 다른 게 더 낫지 않을까 후회하곤 했다. 그래서 '혹시'라는 단어를 머릿속에 자주 떠올렸다. 혹시 방금 산 모자보다 더 멋진 모자가 있지 않을까? 혹시 친구와 배드민턴 치는 것보다 집에서 게임을 하는 게 더 재밌지 않을까? 하는 식이었다.

"너 오하늬 좋아하지?"

느닷없는 말소리가 날아와 지오의 생각을 깨뜨렸다. 깜짝 놀라 고개를 돌렸더니 웬 할머니가 지오를 보며 웃고 있었다.

"저한테 얘기하신 거예요?"

지오가 눈을 동그랗게 뜨고 묻자, 할머니가 다시 말했다.

"당연하지. 오하늬 좋아하는 애가 여기 너 말고 또 누가 있을까? 틈만 나면 얼빠진 표정으로 하늬를 쳐다보는 널 볼 때마다 웃음 참느라 진짜 혼났어."

지오는 너무 놀라 얼굴이 벌게진 채로 입만 벌리고 있었다. 할머니는 재밌는 구경 났다는 듯 킥킥대고 웃다가 순식간에 지오 또래의 여자아이로 모습을 바꾸었다.

"반가워. 나는 서유나야."

처음 듣는 이름에 처음 보는 아이였다. 유나는 홈스쿨링을 하고 학교에는 다니지 않는다고 했다. 가끔 재미 삼아 스쿨버스에 접속해서 듣고 싶은 수업을 들었고, 그러다가 지오를 알게 되었다고 했다. 여전히 넋이 나간 듯한 지오에게 유나가 다시 말했다.

"청강생이라고 해 두자."

"스쿨버스를 청강한다고? 어떻게?"

지오는 무척 놀랐다. 스쿨버스는 접속 절차가 매우 까다롭기 때문이다. 그러나 유나가 이어서 한 말에 비하면 그건 아무것도 아니었다.

"응. 내가 해킹했거든."

조금 전 가상 공간에는 학생들과 선생님들 외에도 파리 현지인들이 거리 곳곳에 있었다. 그저 무대의 배경이나 가구처럼 가만히 있는 사람인 줄만 알았는데, 그중 한 할머니가 해커였다니. 그동안 몇 번이나 모습을 바꾸어 몰래 접속한 걸까? 얘는 겁이 없나? 이런 짓을 하고도 아무렇지 않은 걸까? 범죄자가 되면 대학에 가거나 취업할 때도 힘들 텐데, 하고 지오는 이 와중에도 난생처음 만난 유나의 안위를 걱정했다.

"스쿨버스 해킹이 가능해?"

"내 실력이라면 가능하지. 젖병 떼자마자 컴퓨터만 팠는걸. 그보다 내가 비밀 하나 말해 줄까?"

"무슨 비밀?"

"아까 너랑 같이 수업 들었던 애 중에 가짜 학생이 있어. 사람이 아니야."

"그럼? 귀신이라도 된단 말이야?"

"AI야."

지오는 어지러워지려고 했다. 유나가 한 말들은 모두 꿈에서조차 생각하지 못했던 일이기 때문이다.

"진짜야! 교육부가 심어 놓은 AI라고. 너희 반 애들 현실에서 직접 만나 본 적 없지? 그럼 스쿨버스 안에서 보는 얼굴이 실제 얼굴인지, 아니면 만들어 낸 얼굴인지 알 게 뭐야? 나만 해도 아바타가 몇 갠데."

지오는 거짓말 같은 유나의 말을 받아들이기가 힘들어 격앙된 목소리로 말했다.

"말도 안 돼. 스쿨버스 입학할 때 신원 등록 절차가 얼마나 까다로운지 알아? 아바타도 본인 실물로 딱 하나만 등록할 수 있다고. 머리부터 발끝까지 스캔해서 등록하기 때문에 아바타라는 생각이 들지 않을 정도란 말이야."

"너 정말 순진하다."

지오는 어린애 취급을 받는 것 같아 기분이 상해 뾰로통하게 반문했다.

"그럼, 넌 그걸 어떻게 알았는데?"

"스쿨버스는 나한테 놀이터야. 탐험할 곳이 아주 많지. 매달 첫째 주, 셋째 주 토요일 밤 12시부터 새벽 3시까지는 서버 점검 시간이거든? 지난번 점검 시간에 내가 서버에 몰래 들어갔어. 음……. 이런 말 하긴 좀 그렇지만 소장하고 싶은 배경 맵 코드가 있었거든."

유나의 말에 지오가 코웃음을 치며 말했다.

"도둑질하러 간 거네."

"복사! 도둑질 아니고 복사하러 간 거라고. 호수에 별이랑 은하수가 그대로 비치는 맵인데, 정말 숨이 막히도록 아름다워. 거기서 산책하면 기분 끝내준다, 너! 아무튼 그 코드를 찾으러 갔다가 우연히 학생 명단을 봤어. 난 애당초 명단 같은 건 관심 없어서 그냥 넘기려고 했거든? 그런데 AI 학생 목록이 따로 있더라니까. 누군지는커녕 몇 명인지도 확인하지 못했지만 말이야. 열어 보려면 암호를 입력해야 하는데……. 암호 푸는 것도 문제지만, 열어 볼 때마다 기록이 남게 돼 있더라고. 해커가 흔적을 남길 수야 없지 않겠어?"

"좋아. 그렇다 치고. 넌 내가 인간이라는 건 어떻게 확신하고 나한테 이런 얘기를 하는 거야?"

지오의 물음에 유나가 어깨를 한번 으쓱하고 대답했다.

"AI가 너처럼 맹할 리가 없잖아."

'이래 봬도 나 우등생이야'라는 말이 튀어나오려는 걸 겨우 삼키고, 지오가 다시 물었다.

"네 말이 사실이라면 학교가 왜 그런 짓을 하는 거지?"

"나도 모르지. 아마 정부가 아이들을 상대로 무슨 짓을 벌이는 거 아닐까? 비밀 실험이라든가, 세뇌를 시키려고 한다든가."

"너 같은 도둑보다는 차라리 교육부가 더 믿음이 가는데?"

유나의 음모론에 지오가 피식 웃으며 말했다. 하지만 이미 지오는 세계가 뿌리부터 흔들리는 느낌이었다.

"믿든 안 믿든 네 자유지만, 모두 사실이야. 기회가 된다면 누가 가짜인지 너도 한번 알아봐. 궁금해 미치겠으니까. 그럼, 다음에 또 보자."

유나는 손을 흔들더니 지오의 대답은 듣지도 않고 순식간에 사라졌다.

유나를 만나고 며칠이 지났다. 지오는 내내 혼란한 채로 시간을 보냈다. 유나의 말이 계속 머릿속을 맴돌며 한시도 떠나지 않았다. 항상 멍했고, 수업 시간에도 도통 집중이 되지 않았다. 더구나 요즘 아빠와 말다툼하는 일도 잦아 더욱 그랬다.

지오는 얼마 전 아빠에게 과학 영재 탐사단 공고가 나면 지원하겠다고 말했다. 여기에 뽑히면 홍대용 기지 견학팀에 학생단으로 갈 수 있기 때문이다. 과학 영재 탐사단의 달 기지 견학은 격년마다 이뤄지는 행사로 고등학생 이상만 참가할 수 있어 지오가 오랫동안 기다렸던 일이다. 지오는 달 기지 건축물을 두 눈으로 직접 보고 싶었다.

아빠는 지오의 얘기가 채 끝나기도 전에 기겁했다. 지구 밖으로 나가기엔 지오가 아직 어려 위험하다는 거였다. 고등학생이 어리다고? 지구 밖이 위험하다고? 그럼 달에 사는 손예준은 뭘까, 지오는 생각했다.

지오 아빠는 '초이스 대디(choice daddy)'였다. 자발적 비혼부, 즉 스스로 '한 부모'가 되기를 선택한 사람이다. 지오 아빠는 결혼하지 않고 '비혼부모센터'를 통해 절차에 따라 지오를 출산하고 지금까지 키웠다. 비혼부모센터는 결혼은 원하지 않지만 이세를 원하는 사람들을 위한 국가 지원 기관이다. 낮은 출산율 때문에 이곳에서는 초이스 맘이나 초이스 대디가 되길 원하는 사람들에게 충분한 지원을 하고 있다.

보기 드문 초이스 대디답게 지오를 향한 아빠의 관심과 사랑 그리고 걱정은 충분하다 못해 과한 면이 있었다. 지오가 어릴 때 태권도를 배우고 싶다고 말했을 때도 위험해서 안 된다 했을 정도였다. 그래서 지오의 삶은 순도 90퍼센트짜리 다크초콜릿을 입에 가득 문 것처럼 풍요로우면서 씁쓸름했다. 아빠의 관심과 지원이 고마우면서도 한편으론 피곤했기 때문이다.

최근 아빠는 지오의 진학 문제에 열을 올리기 시작했다. 아빠는 지오가 수학을 잘하고 차분하니까 뇌신경 공학자가 되는 게 어떻겠냐고 했다. 하지만 지오는 달에서 도시를 건설하는 우주 건축가가 되고 싶었다. 그러나 절대 속마음을 입 밖으로 꺼내지 않았다. 어떤 일이 펼쳐질지 빤히 보였기 때문이다. 아빠는 위험하다고 경악한 다음, 안 되는 이유를 2박 3일 동안 늘어놓을지도 모른다. 생각만 해도 귀가 따가웠다.

쉬는 시간에 담임 선생님으로부터 메시지가 도착했다.

— 오늘 수업 끝나고 선생님과 잠깐 얘기 좀 하자, 지오야.

스쿨버스 담임 선생님은 수업을 하지 않는다. 학급 관리와 학생 상담 등 담임 교사의 역할만을 수행한다. 그래서 담임 선생님을 만날 시간이 많고 관계도 좋았다.

방과 후에 선생님이 교실 문을 열고 들어왔다.

"지오가 요 며칠 수업에 통 집중하지 못한다는 보고를 받아서 걱정했어. 무슨 고민이나 안 좋은 일 있는 건 아니지?"

"네. 선생님. 그런 거 없어요."

"정말 그렇게 생각해도 되겠니? 의논하고 싶은 일이 생기면 언제든 말해 줘. 선생님은 늘 지오 편이야."

"네. 감사합니다."

선생님이 따스한 미소를 짓고 먼저 접속을 끊었다.

교실에 홀로 남은 지오는 또다시 엉뚱한 생각을 했다. 방금 이야기를 나눈 사람이 진짜 선생님이 아닐지도 모른다는 생각.

지오는 고개를 좌우로 흔들고 어서 이 의심을 걷어 내야겠다고 생각했다. 유나의 말이 사실인지 아닌지 한번 확인해 봐야 했다. 그래야 다시 일상으로 돌아갈 수 있을 것 같았다.

그리고 하늬를 생각했다. 사실 가짜를 찾아내려는 가장 큰 이유는…… 하늬 때문이다. 지오는 하늬가 가짜가 아니기를, 살아 있는 사람이기를 빌었다. 하늬가 AI라는 건 상상하기조차 싫었다. 하늬만 아니라면 선생님이든, 누구든 AI여도 상관없었다. 교육부의 숨은 음모가 있다 할지라도.

다음 날부터 지오는 유심히 아이들을 관찰했다. 이 중에 가짜가 있다고 생각하니 아이들이 하는 말, 하는 행동 하나하나가 모두 신경 쓰이고 의심스러웠다. 그렇지만 어떻게 찾아낼지는 아무리 생각해도 답이 나오지 않았다. 가상현실에서 AI와 사람을 구분하는 건 불가능에 가까운 일이니까. 그렇다고 만나는 아이마다 너 진짜 사람이냐고 물을 수도 없는 노릇이었다.

누구일까, 끊임없이 살피고 의심하는 한편 계속 떠오르는 궁금증이 있었다.

'왜 진짜 학생이 아닌 AI 학생을 만들었을까?'

학생 수가 적은 건 이유가 되지 못한다. 어차피 메타버스 학교니까 학급당 학생 수쯤이야 얼마든지 조절할 수 있다. 분명히 다른 이유가 있을 것이다. 그게 뭘까? 도대체 무엇 때문에?

몇 없는 담임 선생님과 함께하는 시간이었다. 학급 회의도 하고 행사가 있으면 준비하기도 하는 학급 자율 시간이다. 특별한 행사가 없는 시기여서 선생님이 회의 주제를 자유롭게 건의해 보라고 했다. 그때 지오의 머릿속을 스치는 생각이 있었다. 아이들에 대해 더 알면 가짜를 찾는 데 조금이라도 도움이 되지 않을까? 게다가 하늬에 대해 더 많이 알 수도 있다. 지오가 손을 들었다.

"입학한 지 꽤 되었는데 아직 친구들끼리 서로 잘 모르는 것 같아요. 자기소개를 해 보면 어떨까요?"

"다른 친구들도 동의하면 그렇게 하자."

아이들은 서로를 둘러보았다. 딱히 싫다는 아이는 없는 분위기였다.

"모두 동의하는 것 같네. 그럼, 누가 먼저 할래?"

선생님의 말씀이 끝나기가 무섭게 손예준이 아메바처럼 몸을 흐느적거리며 일어섰다. 그리고 허세 가득한 목소리로 느릿느릿 말을 시작했다.

"나 먼저 할게. 나는 손예준. 모두 알다시피 패션 디자이너가 꿈이고, 그것 외에는 생각해 본 적도 없어. 그런데 이 몸은 답답하기 짝이 없는 홍대용 기지에 살고 있네? 이 무채색 월면(달의 겉면) 도시는 패션의 무덤이야. 여기서 몇 년 살면 여러 가지 혜택이 주어진다고 해서 부모님한테 끌려왔는데 얼른 지구에 가서 내 꿈을 펼치고 싶다. 다음 김지오."

예준이가 과연 AI일까 아닐까 가늠하던 지오는 놀라서 의자에서 일어났다. 매일 보는 아이들인데도 새삼스레 긴장되었다.

"나는 김지오야. 서울 잠실에서 아빠랑 둘이 살아. 아빠는 초이스 대디이고, 시청 공무원이야. 아빠는 뇌신경 공학자가 내 적성에 잘 맞을 것 같다고 하셔. 아, 오늘은 여기까지만 할게."

발표를 마치고 지오는 바로 후회했다. 뭐 하러 그런 것까지 얘기했을까. 몇 마디 안 되는 말이 전부 다 후회되었다. 하마터면 누군지도 모르는 생물학적 엄마가 궁금하다는 말까지 할 뻔했다. 그때 하늬가 손을 들었다. 지오가 말해도 좋다는 눈짓을 보내자, 하늬가 물었다.

"너는 뭘 하고 싶은데?"

"어?"

"아빠 생각 말고, 네가 하고 싶은 건 뭔지 궁금해서. 너도 뇌 신경 공학자가 되고 싶어?"

"아. 그건……."

일부러 자기 꿈이 아닌 아빠의 바람을 말했던 터라, 지오는 어떻게 대답해야 할지 고민하며 머뭇거렸다. 달 기지에 사는 예준이가 비웃을까 봐 걱정됐다. 진짜 꿈을 밝히는 것은 왠지 부끄럽기도 했다. 이런 와중에도 하늬가 왜 그런 걸 물은 걸까, 혹시 나에게 관심이 있나 궁금한 마음이 들었다. 나는 일단 효림이를 지목하는 것으로 그 순간을 넘겼다. 안 그러면 속마음이 얼굴에 글씨로 써질 것만 같았으니까.

지오의 지목에 최효림이 일어났다.

"나는 최효림. 내가 있는 곳은 제주도야. 부모님이 해양연구소에 다니시거든. 커서 뭐가 될지는 아직 모르겠어. 부모님처럼 열심히 살 자신도 없고, 꼭 뭐가 되어야 하나 싶기도 해. 그냥 적당한 공동체에 들어가서 내가 좋아하는 음악 듣고, 맛있는 음식 만들어 먹고, 그렇게 살아도 좋을 것 같아. 부모님도 내 뜻을 존중한다고 하셨고. 다음은 민영이."

"나는 최민영. 여긴 대전이고, 나는 농촌공동체 마을에 살아. 우리 마을 사람들은 식물공장과 달리 전통 방식으로 작물을 재배해. 흙에 뿌리를 내리고 진짜 태양 빛을 받고 자라는 곡식과

채소가 사람을 건강하게 만든다고 생각하거든. 공동체 사람들 생각이 옳다고 생각하고 존중해. 하지만 성인이 되어서도 이곳에 계속 살지는 아직 모르겠어."

지오는 효림이와 민영이가 발표하는 모습을 뚫어지게 보았다. 사람인지 AI인지 구분할 수는 없었다. 사람이라고 생각하면 조금도 AI 같지 않았고, AI라고 생각하면 어딘가 조금 부자연스럽게 느껴졌다.

드디어 하늬 차례다. 지오가 아직도 홧홧한 얼굴을 하늬 쪽으로 돌렸다.

"난 섬에 살아. 서해의 솔지도라는 작은 섬인데, 작곡하는 사람들이 모여 사는 공동체야. 우리 아빠는 음악만큼 낚시도 좋아해. 종종 주문이 들어오면 자연산 횟감을 잡아서 드론으로 배송해 주는 일도 하셔. 맛이 좋다고 단골이 꽤 많아. 여기는 대체로 조용하고 항상 음악이 흘러. 그래서 이곳이 좋지만, 이제는 도시에 나가 살아 보고 싶기도 해. 이곳엔 내 또래가 별로 없거든. 그래서 스쿨버스가 나한테는 정말 소중해. 누구든 우리 집에 놀러 온다면 정말 대환영이야."

하늬가 모두를 보며 미소 지었다. 지오도 마찬가지였다. 지오는 심지어 하늬가 꼭 자기에게만 말한 것 같다고 느꼈다. 자신의 눈을 보며 말한 것 같기도 했다. 그런데 대뜸 예준이가 비꼬며 말했다.

"진짜 가도 되냐? 막상 간다고 하면 내가 언제 그런 말 했냐고 그러는 거 아냐? 난 빈말하는 애는 딱 싫더라."

순간 진공상태가 된 듯 교실에 싸한 정적이 흘렀다. 예준이는 가끔 이런 식으로 상대방의 기분을 상하게 하곤 한다. 지오는 마치 자신이 공격받은 것처럼 긴장되었다. 그러나 하늬는 조금도 당황하지 않았다.

"나는 지키지 못할 약속은 입 밖으로 꺼내지 않아."

그 짧고 단호한 대답에 지오는 참았던 숨을 후 하고 내뱉었다. 역시 하늬였다. 가슴이 뻥 뚫린 것처럼 시원했다. 그리고 생각했다. 이렇게 멋진 애는 제발 AI가 아니었으면 좋겠다고.

수업이 끝나고 접속을 종료한 뒤 지오는 곧바로 솔지도를 검색했다. 솔지도는 목포에서 배로 한 시간 거리의 인구 30여 명이 사는 작은 섬이었다. 몰랐던 세상, 몇 시간이면 갈 수 있는 솔지도가 달보다 더 먼 곳에 있는 것만 같았다.

지오는 지도를 계속 바라보았다. 이 작은 섬에 하늬가 살고 있다. 꼭 솔지도에 가서 하늬를 실제로 만나 보고 싶다. 그날이 언제든지 간에.

"지오야, 아빠 왔다."

어렴풋이 들려오는 아빠의 목소리에 지오가 눈을 떴다. 고글과 장갑도 벗지 않고 안락의자에 누운 채였다. 수업 후 피곤해서 접속 종료 버튼만 누르고 그 자세 그대로 깜빡 잠이 들었던 모양이다. 그럴 만했다. 평소와 조금 다른 날이었으니까. 지오는 가상현실 장비를 정리하고 거실로 나갔다.

"지오야. 우리 저녁 뭐 먹을까?"

"음. 스테이크?"

"그래, 귀한 아들 먹고 싶은 거 먹자."

잠시 후 배달 온 스테이크를 식탁에 차려 놓고 지오와 아빠가 마주 앉았다. 지오가 스테이크를 한 조각 썰어 입에 넣고 아빠에게 물었다.

"아빠는 하는 일 마음에 들어?"

"갑자기 그건 왜?"

"그냥 궁금해서."

"나쁘지 않지. 직장에 출근하는 건 아무나 할 수 있는 게 아니잖아. 웬만한 건 로봇이나 AI가 하는 세상이니까."

아빠의 말대로 직업을 가지는 것은 그 자체로 누구나 할 수 있는 일이 아니었다. 직업을 가지고 싶다면 각 직장에 얼마 있지 않은 인간 할당제를 통과해야 한다. 그나마 공무원은 절반이 인간에게 할당되어 있어서 채용문이 넓은 편이었다. 이렇게 국가에서 강제적으로 인간을 위해 확보한 자리가 아니면 자기 같이 평범한 사람은 직업을 가지지 못했을 거라고 아빠는 말하곤 했다. 아빠가 고기를 꿀꺽 삼키고 다시 말을 이었다.

"물론 일을 안 해도 기본소득으로 먹고살 수는 있는데, 아빠는 그런 삶은 좀 무료하더라. 그러니까 너도 공동체 같은 데 들어갈 생각 말고, 꼭 뇌신경 공학자가 되어서 멋지게 살아야 해. 너는 아빠와는 다르게 똑똑하잖아."

지금까지 백번은 한 말을 아빠가 또다시 반복했다. 지오는 생물학적 엄마의 직업이 공학자가 아니었을까, 짐작했다. 성공한 공학자는 누구나 부러워하니까. 지오는 막 튀어나오려는 오만 가지 말을 저 밑으로 눌러 가라앉히고 다른 걸 물었다.

"아빠는 원래부터 꿈이 공무원이었어?"

"아니."

"그럼, 뭐였는데?"

"전에 말하지 않았나? 드라마 작가였어."

"그런데 왜 안 해?"

아빠가 포크를 내려놓고 말했다.

"지금 활동하는 드라마 작가가 몇 명인 줄 아니? 스무 명도 채 안 돼. 보조 작가 역할도 AI가 대신한 지 한참 됐잖아. 아예 대본 전체를 AI가 쓰는 곳도 많아. 이 분야는 인간 할당제도 통하지 않거든. 확률을 따져 봤지. 아빠가 드라마 작가로 데뷔할 확률. 공무원 시험을 통과할 확률이랑 비교가 되지 않더라고."

지오는 확률이라는 말을 생각해 보았다. 그런 확률은 어떻게 계산하는 걸까? 확률이 높으면 선택이 쉬워지는 걸까? 지오네 반 아이들이 사람이 아닐 확률은 얼마나 될까? 그리고 하늬와 친구가 될 확률은 얼마일까.

아빠가 뭔가 생각났다는 듯 다시 말을 이었다.

"옛날에 아빠랑 같이 드라마 공부하던 친구가 있었어. 아빠가 그만두고 나서도 그 친구는 더 오래 공부했는데, 끝내 데뷔하지 못하고 어느 시골에 있는 문학 공동체에 들어가 산다고 하더라. 똑똑한 애였는데 아깝지 뭐. 진작 아빠처럼 다른 길 찾았으면 뭐라도 됐을 텐데. 세상에 발표하지도 못할 글을 공동체 사람들끼리 돌려 보며 살겠지."

지오는 아빠의 말이 이상하게 들렸다.

"아빠처럼 살지 않으면, 아빠랑 다르게 살면 불행한 거야?"

"뭐?"

"그 친구 본 지 오래됐다며. 지금 불행한지 행복한지 알 수 없는데 꼭 본 것처럼 말하잖아. 실제로 만나서 친구 말을 직접 들은 것도 아니면서."

"뻔하지. 그걸 꼭 직접 만나 봐야 아니?"

"그럼, 아빠 친구도 아빠가 작가 되기 포기하고 공무원이 되어서 불행하다고 생각할 수도 있겠네. 오히려 아빠 친구는 독자가 적더라도 원하던 글을 쓰고 있으니까 행복할 것 같은데?"

"그건 네 생각이고! 남들이 읽지도 않는 글 써서 뭐 해. 너 아빠 시험 볼 때 경쟁률이 얼마였는지 알아?"

"그래서 아빠는 지금 드라마 쓸 때보다 행복해? 어려운 시험 통과해서?"

그 순간 아빠 얼굴이 칠면조처럼 붉으락푸르락해지나 싶더니 급기야 큰소리가 터져 나왔다.

"아들! 요즘 진짜 왜 그래? 아빠한테 불만 있어?"

지오는 입을 다물었다. 무서워서가 아니라 끝나지 않을 것 같아서였다. 하지만 궁금증은 더욱 커졌다. 아빠는 무슨 근거로 친구의 삶을 단정 짓는 것일까? 어른이 되면 그 정도는 저절로 알게 되는 걸까? 내 행복과 불행은 다른 사람의 시선에 달린 걸까? 하고 싶은 게 뭐냐던 하늬의 질문도 그런 맥락이었을까? 나는 지금 행복한가, 불행한가.

울긋불긋한 단풍이 아름다운 가을이다. 수백 년 된 왕버들 수십 그루가 물속에 서 있는 모습이 신비로웠다. 거울같이 잔잔한 수면에 화려한 단풍과 산등성이가 데칼코마니처럼 비쳤다. 주왕산 주산지의 풍경을 그리는 미술 시간이었다.

아이들은 여기저기 흩어져 자리를 잡았다. 지오는 수채 물감으로 그리기로 했다. 밑그림을 그리고 난 뒤 팔레트에 물감을 짜고 붓에 물을 적시고 양을 조절했다. 실제로는 허공에 그리는 것일 텐데, 지오가 붓을 그을 때마다 주산지의 가을 풍경이 종이 위로 조금씩 옮겨 왔다. 그림이 완성되고 선생님에게 통과를 받으면 스쿨버스 개인 포트폴리오에 저장되고 프린트할 수도 있었다. 그림에 열중한 지오에게 누군가 다가왔다.

"잘 그리네. 나는 그림 진짜 못 그리는데."

하늬였다. 지오가 우물쭈물하자 하늬가 납작한 돌을 하나 집어 들며 말했다.

"대신 이건 잘해."

하늬가 한쪽으로 몸을 기울이고는 수면과 거의 수평이 되게 돌을 던졌다. 메이저리그 선수 같은 멋진 자세였다. 돌이 수면 위에서 아홉 번이나 튕기고 가라앉았다. 하늬가 돌을 하나 골라 지오에게 건네며 말했다.

"너도 해 봐."

지오가 던진 돌은 겨우 두 번 만에 가라앉았다.

"퐁당 던지지 말고 각도랑 힘을 잘 조절해야 해. 이렇게."

지오는 하늬의 자세를 따라 하며 다시 던졌다. 이번에는 네 번이나 튕겼다. 지오의 얼굴이 활짝 폈다.

"재밌다."

"물수제비뜨기야."

"아, 들어 본 적 있어."

"실제로 해 본 적은 없고?"

"응. 처음이야."

"그렇구나."

잠시 침묵이 이어졌다. 지오는 무슨 말이라도 해야겠다고 생각했다. 그냥 있으면 하늬와 둘이 이야기하는 시간이 곧 끝나버릴지도 몰랐다. 지오가 급하게 질문을 던졌다.

"솔지도가 작곡 공동체라고 했지? 그럼, 너도 작곡해?"

"응. 아무래도 어려서부터 쭉 보면서 자랐으니까. 비록 우리 공동체 사람들끼리만 연주하고 듣긴 하지만."

하늬가 씁쓸하게 웃다가 주먹을 불끈 쥐더니 씩씩한 목소리로 말했다.

"그래도 괜찮아. 내가 만든 곡이 AI가 만든 것보다 못하더라도 말이야. 우리 공동체 사람들이 하는 말이 있어. 우리 노래가 널리 사랑받지 못해도, 작곡하면서 만나는 힘겨운 순간, 즐거운 순간은 우리 거라고. 영감이 찾아올 때의 전율과 완성했을 때의 기쁨은 AI가 절대 느낄 수 없는 거잖아."

지오는 가슴이 벅차올랐다. 하늬는 AI가 아니라는 확신이 밀려왔기 때문이다. 이런 말을 하는 애가 AI일 리가 없었다.

하늬가 허공을 클릭하고 매뉴얼에서 음악을 한 곡 골랐다. 화려하면서 경쾌하고 비장하기까지 한 장대한 오케스트라 연주가 흘러나왔다. 귓속을 파고드는 현란한 소리에 지오는 살짝 전율이 일었다.

"이거 무슨 곡이야?"

"러시아 작곡가 하차투리안의 〈가면무도회〉 왈츠야. 내가 좋아하는 곡인데, 어때?"

짧지만 진심을 담은 목소리로 지오가 대답했다.

"진짜 너무 좋아."

"이 곡을 들으면 왠지 내가 다른 사람이 되어 많은 사람 속에 파묻힌 것 같은 느낌이 들어. 그중에 누가 나인지, 스스로 찾는 느낌이랄까. 이번 우리 공동체 여름 축제 때 내가 만든 곡이 하이라이트로 발표되거든? 이 곡에서 영감을 받아 작곡했어. 벌써 설레. 단 한 사람이라도 내 곡을 듣고 행복해진다면 아마 지금보다 두 배는 더 설렐 거야."

"그 축제…… 나 가도 돼?"

평소 같으면 하지 못했을 말을 자기도 모르게 툭 던지고 지오는 얼굴을 붉혔다.

"정말?"

"네가 만든 곡 들어 보고 싶어."

하늬가 씩 웃으며 조약돌을 하나 주워 들고 말했다.

"너 오면 진짜 돌로 물수제비뜨기 시합해야겠다."

지오는 떨리는 목소리를 감추려 애쓰며 물었다.

"초대하는 거야?"

"당연하지. 여기 사방이 막힌 듯 잔잔한 바닷가가 있어. 거기서 시합하자. 축제는 방학식 다음 날이야. 우리 약속한 거다?"

"꼭 갈게!"

하늬가 해사하게 웃었다. 하늬의 웃음을 바라보면서 지오는 생각했다. 하늬가 진짜 사람이든 아니든 지금, 이 순간은 진짜라고. 중요한 건 그것이었다. 하늬랑 만나서 같이 시간을 보내고 싶다는 간절한 소망. 지오가 처음 느껴 보는 이 뚜렷한 감정은, 진짜였다.

시간은 빠르게 흘렀다. 1학기가 2주 정도밖에 남지 않은 어느 날이었다. 지오는 스쿨버스 복도의 게시판을 보며 한참 동안 서 있었다. 거기엔 과학 영재 우주 탐사 프로그램 안내문이 빛나고 있었다.

안내문 중 한 줄이 들뜬 지오의 마음을 순식간에 바닥으로 가라앉혔다. 학생부와 포트폴리오를 제출해야 하는 1차 통과가 물론 쉽지는 않겠지만, 2차 면접일이 솔지도 축제일과 겹쳤기 때문이다. 하필 하늬와 약속한 날이라니. 지오는 한동안 그 자리에서 꼼짝할 수가 없었다.

또 생각난 사람이 있었다. 아빠였다. 하늬와의 약속을 저버리고 탐사단에 지원한다고 해도 아빠에게는 어떻게 말해야 할까. 아빠는 그런 위험한 여행을 보낼 수 없다며 분명 극구 말릴 것이다.

아빠 그리고 하늬. 두 사람의 얼굴이 지오의 머릿속에서 소용돌이쳤다. 지오는 밤새워 고민한 끝에 다음 날 과학 영재 우주 탐사 프로그램에 지원했다. 일단 1차를 통과하면 다시 고민하기로 한 것이다.

고민은 얼마 되지 않아 지오의 머릿속에서 사라질 수밖에 없었다. 하늬가 수업에 계속 나오지 않았기 때문이다. 처음에는 무슨 일이 있나, 어디가 아픈가 하고 생각했다. 그런데 다음 날도, 그다음 날도 하늬는 계속 스쿨버스에 등교하지 않았다.

지오는 도저히 참을 수 없는 지경이 되어 담임 선생님께 하늬에게 무슨 일이 있는지 물었다. 선생님의 대답은 친절하면서 명료했다.

"개인정보라 아무것도 말해 줄 수 없어. 정 궁금하면 스쿨버스 메신저로 메시지를 보내 보지 그러니?"

메시지는 벌써 여러 번 보냈다. 하늬는 확인조차 하지 않았다. 개인 전화번호를 교환하지 않은 걸 지오는 크게 후회했다. 초조해진 지오는 전체 학생들이 보는 게시판에 메시지를 남겼다.

— 할머니! 전에 만난 곳에서 기다릴게요.

유나에게 연락할 길이 없어서 생각해 낸 방법이었다. 파리의 카페에서 10분쯤 기다렸을까. 할머니 아바타의 모습으로 유나가 나타났다.

"무슨 일이야?"

"하늬가 계속 학교에 오지 않아. 메시지도 안 보고. 너라면 하늬와 연락할 방법을 알까 해서."

"그것까진 모르는데."

굳은 얼굴의 지오를 보고 유나가 말했다.

"많이 걱정하는구나?"

지오가 고개를 끄덕였다.

"무슨 일이 생겼을까 봐 걱정돼. 뉴스를 검색해 봐도 특별한 건 없던데."

"너무 걱정하지 말고 편하게 생각해. 하늬가 AI일 수도 있잖아? 학기 말도 다가오고, 이제 필요 없어져서 뺐나 보지 뭐."

"뭐? 함부로 말하지 마. 너 하늬랑 나만큼 얘기해 봤어? 하늬에 대해 알면 얼마나 안다고."

"이야기 좀 나눈 걸로 어떻게 알아보냐?"

"됐다. 너한테 물어본 내가 바보지."

"오해하지 마. 난 그냥 네가 너무 신경 쓰는 것 같아서 그럴 가능성도 있다고 말한 것뿐이야. 네가 괜히 헛수고할까 봐."

지오는 아무 대답 없이 접속을 종료했다. 심란했다. 만약 유나 말대로 하늬가 AI라면……. 이제 어떻게 해야 할까.

지오는 침대로 몸을 던지고 한동안 꼼짝하지 않았다.

일주일 후, 지오는 과학 영재 우주 탐사 프로그램 1차 합격 통지서를 받았다. 그리고 그날 저녁 아빠에게 합격 사실을 알렸다. 아빠의 표정을 보고 지오는 속으로 '역시나' 했다. 아빠의 표정은 좋지 않았다.

"안 기뻐?"

"합격했다니 좋기는 한데, 그래도 먼저 아빠랑 상의 좀 하지 그랬어."

"아빠는 스쿨버스 입학 나랑 상의했어? 어차피 상의했어도 안 된다고 했을 거잖아. 다른 집은 서로 보내려고 한다던데, 아빠는 왜 그래?"

"무슨 말을 그렇게 해?"

"그럼, 보내 줄 거야?"

아빠는 선뜻 그러겠다고 하지 못하다가 결국엔 지오가 예상했던 말을 꺼냈다.

"네 진로에 도움이 되는 것도 아니고, 우주여행이 보통 일도 아닌데, 이번에는 그냥 포기하는 게 어때? 나중에 커서 관광으로 가면 되잖아."

지오는 저 밑에서부터 무언가가 부글부글 끓어오르는 것을 느꼈다.

"내 진로를 왜 아빠가 정해?"

"새삼스럽게 왜 그래? 이미 오래전에 얘기 끝났잖아."

"아빠 혼자 끝냈겠지. 내가 하고 싶은 건 따로 있어."

"뭔데? 네가 뭐 하고 싶다고 아빠한테 말한 적 있어? 아빠가 네 적성 고려해서 얘기했던 거고, 너도 싫다고 말한 적 없잖아."

"말하면 뭐 해. 보나 마나 이래서 안 된다, 저래서 안 된다고 했을 거면서. 아빠 맘대로 하려고 좀 하지 마. 난 이제 애가 아니야."

"네가 왜 애가 아니야. 미성년자인데."

지오는 가슴이 답답해져서 아무 말도 하지 않고 섰다가 쾅 소리가 나게 방문을 닫고 들어가 버렸다. 한바탕 폭풍이 몰아친 집 안을 정적이 가득 채웠다.

스쿨버스 방학식을 치르는 날까지 지오와 아빠는 서로 한마디도 하지 않았다. 그리고 방학식 다음 날 이른 아침, 지오는 미리 꾸려 놓은 가방을 들었다. 솔지도에 가려는 것이다.

지금 솔지도에 가면 탐사단 면접은 볼 수 없다. 그러나 충분히 고민하고 내린 결정이었다.

면접 포기 서류를 제출하면서 아쉬워한 건 사실이다. 아니, 그 정도가 아니라 서류를 내자마자 곧바로 엄청난 후회가 밀려왔다.

하지만 하늬를 직접 만나야 했다. 무슨 일이 있는지, 어디가 아픈 건 아닌지, 왜 아무 말 없이 갑자기 사라졌는지 알아야만 했다. 하늬가 약속을 잊었을 거란 의심은 하지 않기로 했다. 무슨 일이 생긴 것이 아니라면, 하늬는 약속대로 축제에서 자기를 기다릴 거라고 믿었다.

지오는 기차에 오른 후 음악을 틀었다. 〈플라이 미 투 더 문〉이 아닌 〈가면무도회〉 왈츠였다. 눈을 감았다. 귓속을 파고드는 현악기 소리를 가르며 하늬를 만나러 갔다. 지오의 마음속에, 그리고 솔지도에 실존할 하늬를.

솔지도 선착장에는 한 소녀가 서 있었다. 하늬였다. 하늬가 무사한 걸 보고 지오는 안도의 한숨을 내쉬었다. 지오가 천천히 다가가 떨리는 목소리로 말했다.

"안녕, 오하늬."

하늬가 환하게 웃으며 대답했다.

"솔지도에 온 걸 환영해. 김지오."

"몸은 괜찮아? 안 좋은 일이 있나 하고 많이 걱정했어. 왜 학교에 오지 않은 거야?"

하늬가 멋쩍게 웃으며 말했다.

"그냥, 그럴 만한 사정이 있었어."

"지금은 괜찮아?"

"응. 걱정해 줘서 고마워."

하늬는 지오를 데리고 솔지도 이곳저곳을 돌아다니며 구석

구석 안내해 주었다. 걸어서 한두 시간이면 다 돌아볼 수 있는 작은 섬은 축제 분위기에 들떠 있었다.

지오와 하늬는 걸으면서 많은 이야기를 나누었다. 처음 와 보는 낯설지만 아름다운 섬 그리고 함께 있는 좋아하는 친구. 그 두 가지가 지오의 가슴을 풍선처럼 부풀어 오르게 했다. 하늘로 날아오를 수도 있을 것 같았다.

하늬가 지오를 어느 바닷가에 데려갔다. 그곳은 사방이 높은 절벽으로 막혀 있어서 수면이 호수처럼 잔잔했다. 지오는 하늬가 말한 곳이 바로 여기구나 싶었다.

"여기지? 네가 시합하자고 한 곳."

"맞아."

지오가 먼저 돌을 하나 들어 수면에 던졌다. 돌은 일곱 번이나 물 위로 튕기고서 가라앉았다. 실제로 해 본 건 처음인데 스쿨버스에서보다 더 잘했다. 지오는 환호성을 지르며 그 자리에서 펄쩍 뛰었다. 그런 다음 납작한 돌을 하나 골라 하늬에게 건네주었다. 하늬는 자세를 잡고 힘껏 돌을 던졌다. 돌은 물 위로 세 번밖에 튀어 오르지 않았다. 하늬가 당황하며 말했다.

"이상하다. 오늘따라 잘 안되네."

지오가 다른 돌을 골라 주었다.

"이걸로 해 봐."

하늬가 돌을 받아 들고 신중하게 다시 던졌다. 이번에는 두 번이었다. 하늬와 지오는 몇 번 더 시합했다. 지오가 내내 이기다가 마지막에야 한 개 차이로 하늬가 이겼다. 마지막 시합을 끝내고 지오가 하늬에게 말했다.

"오하늬, 너 진짜 사람이구나."

그 말에 하늬가 크게 소리 내어 웃었다.

둘은 축제가 열리는 곳으로 갔다. 그곳에서 지오는 하늬가 작곡했다는 곡을 들었다. 눈을 감고 음악에 귀를 기울였다. 그리고 오늘처럼 즐거운 날이 얼마 만인가 헤아려 보았다.

음악이 끝나고 지오가 하늬에게 말했다.

"전에 나보고 뭘 하고 싶냐고 물었지? 아빠 생각 말고 내 생각을 말해 달라고. 지금 말해 줄게. 내 꿈은 우주 건축가야."

지오가 솔지도로 떠나고 한 시간 뒤, 스쿨버스 오프라인 교무실에서 지오 아빠와 담임 선생님이 마주 앉았다.

"오시느라 고생하셨어요. 아버님."

"아닙니다. 선생님."

선생님이 아빠가 보기 편하도록 지오의 생기부를 펼쳐 보였다. 1학기 동안 지오의 학교생활을 평가한 생기부였다.

"지난 학기 동안 지오의 성장에 대해 말씀드리겠습니다. 아버님도 아시겠지만, 스쿨버스는 학생 개개인을 위해 프로그래밍이 됩니다. 학생들이 가진 약점을 보완하기 위해서요."

"물론입니다. 선생님. 저도 그래서 지오를 스쿨버스에 입학시킨 것이고요."

"아버님은 특히 지오의 성격 중에 우유부단함을 걱정하셨죠. 지오는 참 훌륭한 학생이지만, 주체성과 주도성이 낮아 안타까웠습니다. 왜 그런지는 이미 아시죠? 과잉보호하는 부모 밑에서 자란 아이는 의사결정 장애가 생길 수 있습니다. 지나치게 보호하려는 부모의 양육 방식이 자녀를 의존적인 성격으로 만들 수 있기 때문입니다."

결국, 원인은 아빠라는 말이었다. 아빠는 부끄러워 얼굴이 달아올랐다. 비혼부모센터로부터 여러 차례 경고와 교육을 받았던 터라 아빠도 이미 잘 알고 있는 사실이었다.

"네. 지오가 제 품에서 벗어나려 하는 모습을 볼 때면 괴로웠지만, 저도 알아요. 이제 서서히 독립시켜야 한다는 걸요."

선생님이 아빠에게 위로의 미소를 보내고 다시 말했다.

"저와 교육청 장학사님 그리고 스쿨버스 개발자들은 그 부분에 특히 중점을 뒀습니다. 철저한 계산에 따라 지오를 위한 프로그램을 설계했죠."

아빠가 고개를 끄덕이며 선생님에게 물었다.

"철학 수업을 의무 수강 과목으로 지정한 것도 같은 이유인가요?"

"그렇습니다. 지오에게 꼭 필요한 과목이었죠. 지오는 끊임

없이 주변 친구들을 의심할 수밖에 없었고, 결국 내면의 벽을 깼어요. 그리고 이건 저희도 예상하지 못했던 건데……. 정말로 하늬를 만나러 떠나기까지 하더라고요. 엄청난 발전이죠."

"그러게요. 정말 갈 줄은 몰랐어요. 그런데 AI 학생이 있다고 들었는데요. 하늬는 진짜 학생인가요? 궁금합니다."

아빠의 물음에 담임 선생님이 묘한 웃음을 지었다.

"지오가 1학기 동안 스쿨버스에서 만난 친구 중에 실제로 존재하는 학생은 단 한 명도 없습니다."

아빠가 손으로 무릎을 치며 진심으로 감탄했다.

"세상에……."

"한 학기를 함께한 친구 모두가 지오를 위해 만들어진 AI 학생입니다. 예준이, 하늬, 민영이, 효림이 모두 다요."

지오 아빠는 고개를 끄덕이다 뭔가 생각난 듯 물었다.

"그런데 걱정되네요. 하늬를 만나러 갔다가 그런 아이가 없단 걸 알면 지오가 실망할 텐데, 어쩌죠?"

"걱정하지 마세요. 그런 상황을 예측하지 못했겠습니까? 저희가 보낸 하늬 역할 연기자가 지오를 맞아 줄 거예요. 연기자들의 실물을 스캔해서 지오네 반 학생들의 아바타를 만들었거든요. 그러니 지오는 하늬 연기자를 바로 알아볼 수 있어요. 오고 가는 길도 잠복 형사가 안전하게 지켜 줄 겁니다. 지오는 하늬와 우정을 나누고 자신의 선택에 스스로 타당성을 부여하게 되겠죠. 예전에는 학생들이 직업을 얻기 위해 많은 시간을 썼지만, 이제는 그보다 삶의 주체로서 자신의 삶을 즐길 수 있도록 돕는 것이 우리의 역할 아니겠어요? 지오는 '스스로' 선택했어요. 저희는 지오가 주체적인 삶을 살 수 있도록 관계에 대한 방향과 지속을 충분히 생각하고 경험할 기회를 제공했고, 결과는 아버님이 보셨다시피 성공적입니다."

"정말 애 많이 쓰셨습니다. 선생님."

"지오의 성장을 축하드리며 2학기에도 지오를 위해 맞춤 프로그램을 준비하겠습니다. 지오가 더 윤리적이고, 더 스마트하고, 더 나은 성인으로 자랄 수 있도록 하겠습니다. 학교는 이타적 관심을 실천하고 경험해야 하는 장소니까요. 청소년 인구가 전국에 만 명이 채 되지 않는 이 시대에 귀한 지오를 만나게 해주셔서, 교육부를 대신해 진심으로 감사드립니다. 아버님."

아빠는 상담을 마치고 만족스럽게 웃으며 교무실을 나섰다.

*

2학기가 시작되었다. 새 학기답게 분주한 얼마간의 시간이 흐른 뒤, 달이 바뀌고 첫째 주 토요일이 되었다. 그리고 그날 자정, 별이 쏟아지는 스쿨버스의 한 호숫가에서 지오와 유나가 만났다. 유나가 스쿨버스에서 가장 좋아한다고 말했던 곳이다.

잔잔한 호수에 하늘의 별과 은하수가 그대로 비쳐 온 세상이 반짝이는 별로 가득했다. 마치 우주 공간 속에 서 있는 기분이었다. 유나가 걱정스레 운을 떼었다.

"정말 할 거야?"

"응. 해야지."

"너, 이 일로 학교에서 쫓겨날 수도 있어."

"상관없어. 너도 학교 안 다니는데 잘 살잖아. 학교가 스쿨버스만 있는 것도 아니고."

"하긴."

둘은 잠시 아무 말이 없었다.

"있잖아. 솔지도에서 만난 하늬가 가짜인 걸 어떻게 눈치챈 줄 알아? 처음에는 스쿨버스 아바타와 똑같이 생겨서 알아채지 못했어. 그런데 걔가 물수제비뜰 때 말이야. 자세가 너무 우스꽝스러웠어. 스쿨버스에서는 그렇게 잘하던 애가 몇 번 튕기지도 못하더라. 아, 얘는 하늬인 척하는 애구나 하고 그때 알았지. 그런데 재밌는 건 그 애가 진짜 하늬가 아니란 걸 알고 나서도, 그 애랑 같이 보낸 시간이 정말 즐거웠다는 거야."

그때가 생각난 듯 지오가 잠시 말을 멈추고 미소 지었다.

"왜 가짜 하늬랑 함께해도 내가 즐거웠나 생각해 봤어. 그건 직접 해 봐서 그런 거였어. 스쿨버스 너무 훌륭하지. 그런데 진짜 조약돌이 수면을 팡팡 치면서 튕겨 나가는 걸 보는 순간, 모든 게 확실해졌어. 내가 직접 그곳에 가서 경험했기 때문에 재밌었던 거야."

지오는 조약돌을 주워 잔잔한 호수 면에 물수제비 파문을 만들었다. 돌은 수면 위에서 여덟 번 통통 튀었다가 작은 소리를 내며 호수 바닥으로 가라앉았다. 지오가 던진 돌로 두 개의 밤하늘 중 하나만 남아 버렸다.

"우리 반 아이 중에 누가 사람이고 누가 AI인지 나는 알아내지 못했어. 그렇지만 이거 하나만은 확신할 수 있어. 스쿨버스는 꿈속의 성과 같아. 그 속에서 계속 안락한 시간을 보내든, 아니면 깨어나든, 중요한 건 내가 직접 선택해야 한다는 거야. 스쿨버스가 아무리 좋은 곳이라도 내가 선택하지 않은 채 배우는 게 진짜일까? 나를 둘러싼 세계가 아무리 잘 만들어졌다 해도, 내가 선택한 게 아니라면 그건 나에게 무의미해."

하늬를 만나러 떠날지, 탐사단 면접을 보러 갈지 고민하면서 지오는 알게 되었다. 탐사단 프로그램과 하늬와의 약속 둘 다 고를 수는 없다는 것을, 모든 것을 갖는 선택이란 이 세상에 없다는 것을, 진짜 원하는 것 하나만을 선택해야 하고 선택한 다음에는 뒤돌아보지도 후회하지도 말아야 한다는 것을 말이다.

결정하고, 선택하고, 앞으로 나아간 뒤 뒤돌아보지 말아야 한다. 나머지는 내려놓아야 한다. 놓치는 데는 용기가 필요하다. 모든 것을 하고, 모든 것이 되려는 노력을 멈출 때 진정으로 원하는 것을 온전히 가질 수 있다는 걸 지오는 이제야 알았다.

"그래서 그렇게 결심한 거야? AI 학생 명단을 공개하기로?"

"응. 그동안 학교에서 왜 AI 학생을 만들었나 궁금했거든. 스쿨버스의 기술력은 훌륭할지 몰라도 방식은 옳지 않다고 생각해. 그래서 네가 나를 도와주면 고맙겠어. AI 학생 명단을 해킹해서 전체 메일로 보낼 거야. 그걸 본 진짜 학생들이 어떤 결정을 할지는 그들의 선택에 맡겨야겠지."

지오가 점점 잔잔해지는 호수를 물끄러미 바라보았다. 유나가 문득 생각났다는 듯이 손가락을 튕기며 물었다.

"참! 너 내가 진짜 사람인 건 어떻게 알고 이런 부탁을 하는 거야? 내가 AI면 어쩌려고."

지오가 씩 웃으며 말했다.

"너처럼 어디로 튈지 모르는 애가 AI일 리가 없잖아."

유나가 어깨를 한번 으쓱하고 말했다.

"칭찬이라고 생각할게."

"물론이야."

유나가 호수를 한번 빙 둘러보고 말했다.

"이제 다시는 여기 못 들어오겠네. 이 호수 맵 코드 복사해 놓길 참 잘했어. 아깝지만 스쿨버스 놀이터는 이제 안녕. 그럼 이제 가 볼까."

지오와 유나의 아바타는 함께 스쿨버스 서버로 들어갔다.

러닝 타임

100미터 육상트랙 출발선에 도착한 예준이가 허리를 쭉 펴고 서서 결승선을 바라보았다. 그 모습이 마치 영화 속 지구를 지키는 영웅처럼 자못 당당했다.

예준이를 훑던 내 눈길이 햇빛을 받아 반짝이는 그 애의 오른 다리에 머물렀다. 경량 합금, 합성 근육 섬유, 나노 기술의 조합으로 제작된 생체공학 로봇 의족, 몇 번을 봐도 익숙해지지 않는 그 다리에. 그에 비하면 내 다리는 초라해 보이기까지 했다.

얼마 전까지 나는 상록시 중학생 중에서 가장 빠른 스프린터였다. 하지만 예준이가 온 후 그건 옛말이 되어 버렸다. 증강인간센터의 뛰어난 과학자와 엔지니어가 만든 예준이의 로봇 다리는 나와 비교할 수 없는 힘과 속도, 반응성을 갖고 있으니까.

변화는 하루아침에 일어났다. 올림픽과 패럴림픽이 하나로 통합된 것이나 사이보그 선수와 일반 선수가 함께 경기를 벌이는 건 뉴스에나 나오는 일인 줄 알았다. 내가 다니는 학교에서,

내가 뛰는 훈련장 육상트랙에서, 사이보그가 달리는 건 생각해 본 적도 없었다.

여름이 다가오고 있었다. 하지만 낯선 풍경이 주는 불쾌한 서늘함에 몸이 살짝 떨려 왔다.

한 달 전, 조회 시간이었다. 담임 선생님이 어떤 애와 함께 교실로 들어왔다. 웬일인지 아침부터 온통 땀범벅인 그 애는 손등으로 흐르는 땀을 닦으며 선생님 옆에 나란히 섰다. 낯선 학생의 등장에 왁자지껄 떠들던 아이들이 일순간 조용해졌다. 그리고 모두 휘둥그레진 눈으로 그 애의 다리를 보았다. 나도 그 애의 다리를 뚫어지게 바라보았다. 그 애의 오른쪽 무릎 아래는 의족이었다.

의족이 신기해서가 아니었다. 요즘 나오는 로봇 의수나 로봇 의족은 언뜻 보면 인공신체라는 걸 모를 정도로 실제 사람의 몸과 비슷하다. 매우 정교하고 움직임도 자연스럽다. 그런데 그 애의 의족은 그런 것이 아니었다. 그건 그냥 보기만 해도 차갑고 앙상한 기계, 그 자체였다.

참 특이한 모양새였다. 무릎에 맞닿은 접합 부분 아래로 지팡이처럼 생긴 은빛 막대가 쭉 뻗어 나가다가 발 부분은 마치 금속으로 된 운동화 밑창을 구부려 놓은 것처럼 C 자 모양으로 휘어져 있었다. 의족이라는 걸 숨길 생각이 없다는 듯, 아이언

맨이라도 된 양 로봇 다리를 당당하게 드러낸 그 모습이 살짝 거만해 보이기까지 했다.

문득 어디선가 저런 의족을 본 기억이 떠올랐다. 저건 장애인 선수들을 위해 만들어진 스포츠용 특수 의족이다. 혹시 저 애도 선수? 그렇다고 훈련 시간도 아닌데 굳이 저렇게 티 낼 필요가 있을까.

그사이 속닥거리는 목소리가 들려왔다.

"쟤 뉴스에 나온 애 아니냐? 로봇 의족 육상 소년."

"맞는 것 같은데. 얼마 전에 신기록 세웠다던데, 기록이 얼마였더라?"

신기록이란 말에 전부 다 생각났다. 비공식이긴 해도 100미터 단거리 10초 89라는 전학생의 놀라운 기록까지. 촉망받는 선수였다가 불의의 사고로 선수 생활을 접고 의족을 차게 되었지만, '불편한' 신체임에도 신기록을 세워 또다시 주목받고 있는 로봇 의족 육상 소년 최예준. 그 애가 우리 반에 왔다.

"자, 오늘부터 우리 반이 된 최예준이에요. 예준이는 몸이 아파서 오랫동안 홈스쿨링을 하다가 다시 학교에 다니게 되었어요. 그러니까 많이 도와주세요."

최예준은 간단한 인사를 마치고 선생님이 마련해 준 자리에 앉았다. 발걸음이 날렵하고 가벼워 아팠다는 게 맞나 싶었다.

1교시가 끝나자 몇몇 아이들이 예준이 주변으로 몰려들었다. 누군가 물었다.

“이거 의족이야? 그런데 모양이 왜 이래? 이런 건 실제로 처음 봐.”

좀 무례하다 싶은 질문에도 최예준은 담담하게 대답했다.

“이건 스포츠용이야. 그래서 일반 의족이랑 모양이 좀 달라.”

“스포츠용? 뉴스에 나온 로봇 의족 육상 소년이 진짜 너야?”

“응.”

아이들이 탄성을 질렀다.

“봐 봐. 내 말이 맞잖아. 우리 반에도 육상선수 있어. 도윤아, 예준이 육상선수래.”

나는 마지못해 다가갔다.

“육상부 주장 김도윤이야. 그런데 우리 학교에 장애인 운동부는 없는데?”

“반가워. 앞으로 송 코치님에게 훈련받기로 했어.”

우리 학교가 육상으로 유명하긴 하지만 사이보그 선수가 송 코치님을 따라왔다니. 이런 적은 처음이라 뭐라고 대답해야 할지 알 수가 없었다. 예준이는 내 표정을 살피며 마치 준비한 것처럼 말했다.

“이제 패럴림픽도 사라졌잖아.”

맞는 말이다. 1988년 서울올림픽 이후 꼭 60년 되는 해인 2년 전 지난 올림픽부터 패럴림픽이 사라졌다. 인공신체 기술이 발달하면서 장애인과 비장애인을 구분하는 의미가 점점 사라져 가는 시대에 발맞추어, 승부를 가르기보다 함께 경기를 즐기는 방향으로 나가야 한다는 국제올림픽위원회(IOC)의 결정이 내려진 뒤에 열린 첫 올림픽이었다.

갖가지 인공신체를 단 장애인 선수와 비장애인 선수가 겨루는 2년 전 올림픽을 보면서 나는 IOC의 말이 정말 웃긴다고 생각했다. 승부를 가르기보다 함께 즐겨야 한다고? 지면서도 경기를 즐길 수 있나?

사실 패럴림픽이 완전히 사라진 것은 아니었다. 정확히 말하자면 올림픽과 패럴림픽의 경계가 흐려진 것인데, 사람들은 모두 패럴림픽이 사라졌다고 말했다. 장애인 선수 중 원하는 이들이 심사를 거쳐 올림픽에 출전할 수 있게 된 건 그만큼 뉴스거리였다.

심사를 통과하려면 몇 가지 조건이 필요했다. 불필요한 수술로 고성능의 인공신체를 다는 불법 행위를 막기 위해 일정 기간 이상 장애인으로 지낸 기록과 사고나 질병에 의한 것이라는 증명서를 제출해야 했다. 인공신체가 몸에서 차지하는 범위도 일정 비율을 넘을 수 없었으며, 지나치게 성능이 뛰어난 인공신체를 단 선수 역시 출전이 제한되었다. 즉, 비장애인 선수와 비슷한 능력을 발휘하는 인공신체까지만 출전이 허락된 것이다. 자연히 논란의 여지가 많을 수밖에 없었고 비장애인이

역차별받고 있다는 불만도 생겨났다. 어떤 나라에서는 인공신체를 달려고 일부러 장애인이 된 경위가 발각되어 영구퇴출 된 선수까지 생겼다. 그렇지만 그건 어디까지나 어른 세계의 이야기였다. 아직 중고등부 대회는 장애인과 비장애인을 구분해서 경기를 치른다. 아직까지는.

뱃속에서 뜨끈한 덩어리 하나가 불끈 치밀어 올랐다. 로봇 의족을 단, 나보다 빠른 녀석이 내가 주장으로 있는 육상부에 들어오다니. 뉴스로 볼 때도 화가 났는데 막상 눈앞에 현실로 나타나니 뭐라 형언할 수 없는 기분이 들었다. 사이보그와 인간이 함께 경기를 치른다면, 남녀노소도 구분하지 말고, 예선전 따위도 치르지 말고, 아예 모두 다 함께 결승전에서 만나지? 누구에게랄 것도 없이 이렇게 소리치고 싶은 심정이었다. 가뜩이나 사람만이 할 수 있는 일이 줄어든 세상에서 스포츠까지 사이보그와 경쟁해야 하는 건 너무하지 않나.

선수가 기계의 힘을 빌린다는 건 반칙과 다름없다. 입 밖으로 낸 적은 없지만, 그게 나의 솔직한 심정이다. 내가 세상에서 가장 싫어하는 게 반칙이고 가장 싫어하는 사람은 반칙에 둔감한 사람이다. 반칙 때문에, 반칙에 둔감한 단 한 사람 때문에 우리 가족은 겪지 않아도 될 고통을 겪었으니까. 반칙은, 죄악이다.

내 마음을 읽기라도 한 건지 최예준이 나를 빤히 바라보며 말했다.

“곧 전국청소년육상대회도 그렇게 될 거래. 너도 알지?”

대답이 정해진 질문이었다. 내 입으로 긍정하는 게 쉽지 않았지만, 우리 반 아이들 모두가 나를 보고 있었다. 마지못해 말문을 열었다.

“어, 알지. 그렇게 되는 게 아마…… 맞겠지.”

내 최고 기록은 11초 71이다. 최예준의 비공식 최고 기록과는 거의 1초에 가까운 차이가 난다.

1초. 단거리에서 그건 쉽게 뛰어넘을 수 있는 차이가 아니다.

처음에 육상을 시작한 건 몰두할 것이 필요했기 때문이다. 꼭 선수가 되려던 것은 아니었다. 달리면 머릿속이 하얗게 변했고 그 시간만큼은 생각하기 싫은 일을 잊을 수 있었다. 하지만 이제는 꼭 국가대표가 되고 싶다. 내가 시상대에 설 때마다, 좀처럼 웃지 않는 아빠가 조금이라도 웃으니까. 더 높은 시상대에 서면 아빠가 웃는 시간이 길어질지도 모른다.

갑자기 가슴이 답답해졌다. 이제 전국은커녕 우리 학교에서도 가장 빠른 선수가 아니라는 생각이 급히 먹은 주먹밥처럼 가슴속을 콱 막았다.

최예준이 오고 며칠이 지났다. 같은 공간에 있어도 우리는 말을 거의 나누지 않았다. 내가 의도적으로 최예준을 피해서였다.

수업 후 체육관에서 코치님을 기다리며 스트레칭을 하고 있을 때였다. 휘슬이 울리자 모두 동작을 멈추고 코치님 주변으로 모였다. 코치님 옆에는 최예준이 있었다.

"다들 소식 들어 알고 있지? 우리 팀에 합류하기로 한 최예준이야. 인사들 해."

부원들이 마지못해 건성으로 손뼉을 쳤다. 코치님은 신경 쓰지 않고 계속 말을 이었다.

"예준이는 내가 상록중에 오기 전에 나와 함께 운동했던 친구야. 힘든 상황에서도 노력하는 친구니까 원래 우리 식구라고 생각하고 잘 대해 줘라."

예준이가 부원들을 한 명씩 바라보며 미소 지었다. 녀석과 눈이 마주치기 직전, 나는 고개를 돌려 버렸다. 다들 나와 같은 마음인지 여기저기서 알아들을 수 없는 투덜거림이 들려왔다. 당연했다. 반 아이들에게는 유명한 전학생이 나타난 것이겠지만, 육상부원들에게는 경쟁자만 늘어난 셈이니까. 게다가 강력한 첨단 무기를 장착한 경쟁자가 아닌가.

한창 개인 훈련을 하는데 코치님이 나와 예준이를 불렀다.

"주장. 보다시피 예준이는 몸이 불편하니까 주장이 많이 배려해 줘, 알겠지?"

나는 대답 없이 고개를 바닥으로 떨구었다. 새로 산 스파이크화가 보였다. 조금이라도 기록을 줄여 보려 무리해서 구입한

고가의 제품이었다. 신소재로 만든 고탄성 폼을 중창 소재로 쓴 이 운동화는 지면을 밟을 때 필요한 에너지의 92퍼센트를 되돌려준다. 창 중간에 끼워진 빳빳한 탄소 섬유판은 스프링과 같은 역할을 한다. 그러면서도 무게는 기존 운동화와 크게 다르지 않다. 육상연맹에서 허용하는 기준치 이내에서 만들어진 운동화 중 가장 기능이 뛰어난 제품이다.

몸이 불편하니까 배려해 주라고? 저절로 쓴웃음이 지어졌다. 최신 기술의 집약체인 생체공학 의족을 장착해서 뉴스에 등장하기까지 하는 애를 배려하라니. 그렇게 따지면 우리 집 사정도 배려가 필요하다. 가뜩이나 일이 많아 늘 피곤에 절어 있는 엄마는 이 스파이크화를 사기 위해 잠까지 줄여 가며 일해야만 했다.

아빠는 영화감독이었다. 과거형으로 말하는 이유는 이제는 아빠가 아무것도 하지 않기 때문이다. 아빠는 종일 어두운 방 안에 누워 있다. 돌이켜 보면 아빠가 해외의 유명 영화제에서 수상했던 내 어린 시절이 우리 가족의 봄날이었다. 그날 아빠가 멋진 수상 소감을 말하고 나서 빛나는 트로피를 흔드는 모습은 여러 나라에서 동시에 방송되었고 대형 사진으로 박제되어 우리 집 거실에 걸렸다. 아빠는 내게 수많은 영화를 보여 주었고, 숨 쉬듯 영화 대사나 명언을 들려주곤 했다.

인생은 영화처럼 불완전하다. 우리는 항상 그 불완전함을 사랑하며 살아간다.

로버트 올트먼이라는 사람이 했다는 이 말을 특히 자주 들려주었다. 아마도 유독 승부욕이 강한 내게 필요한 말이라 생각해 그랬으리라. 그러나 아빠는 그 말을 글자로만 이해했던 듯싶다. 정작 아빠의 실패와 불완전함에는 적용하지 못했으니까.

아빠는 영화제 수상 이후 계속 실패를 이어 오다가 2년 전 간신히 투자받았다. 사실상 마지막 기회라며 아빠는 시나리오를 고치고 또 고쳤다. 그리고 AI 영화와는 미묘하게 다르다면서 비용이 많이 드는 옛 방식 촬영을 고집했다.

마침내 개봉한 날, 아빠는 시사회장에서 눈물을 흘렸다. 어린 내가 봐도 썩 괜찮은 작품이었다. 그러나 아빠가 사활을 걸고 찍은 그 재기작은 개봉 후 열흘도 되지 않아 극장에서 내려졌다. 같은 시기에 개봉한 비슷한 소재의 AI 영화에 처참하게 패하고 만 것이다. 그 뒤 아빠는 두문불출하며 집에서 술만 마셨고, 우울증 환자가 되었다. 나는 어디 한 군데 다친 곳 없이 육체가 멀쩡한 사람도 중환자실 환자처럼 아무것도 하지 못할 수 있다는 걸 알게 되었다.

아빠가 그렇게까지 힘들어하는 걸 이해 못 하는 내게 엄마가 사태의 전말을 알려 주었다. AI 영화의 감독이 바로 아빠의 옛 조감독이고, 그가 사석에서 아빠의 영화 계획을 듣고는 AI로 빠르고 저렴하게 영화를 만들었다는 것을. 사람의 손으로 직접 찍는 영화만이 갖는 미세한 차이, 그 차이만이 보여 줄 수 있는 예술성을 추구한 아빠는 후배와 첨단 기술에 반칙패를 당한 것이다.

해가 쨍쨍한 이 시간에도 아빠는 암막 커튼을 방패처럼 두른 방에서 물에 젖은 솜인형처럼 늘어져 있겠지, 이 생각이 들자 고작 고성능 스파이크화를 갖게 되었다고 좋아했던 내가 우습게 느껴졌다.

"도윤이가 예준이 훈련 파트너를 해 주면 좋겠는데."

생각지도 못한 말에 정신이 번쩍 들어 코치님을 바라보았다.

"하다가 안 맞으면 바꿔 줄 테니까 주장이 좀 도와줘. 예준이 재활코치가 있긴 하지만 제대로 된 훈련은 오랜만이라 여러 가지로 도움이 필요할 거야."

뭔가 따져야 한다면 바로 지금이 가장 적당한 때라는 걸 알고 있다. 입속에서 수많은 말이 차가운 구슬아이스크림처럼 굴러다녔다. 왜 장애인 선수로 출전하지 않는지, 왜 하필이면 우리 학교에 온 건지 따지고 싶었다. 하지만 그중 단 하나도 밖으로 나오지 못했다. 주장 체면에 불만을 터트리는 것 자체가 지는 것 같았다. 그리고 나는 로봇 다리를 한 애에게 지고 싶지 않다.

마지못해 알았다고 대답하고는 체육관 한쪽으로 향했다. 부르지도 않았는데 예준이가 뒤를 따라왔다. 나는 뒤도 돌아보지도 않고 물었다.

"너희 집 부자냐?"

"어?"

"그 의족, 무지 비쌀 텐데. 거기다 재활코치라니. 너 금수저냐고."

"금수저 아닌데."

고개를 돌려 예준이를 바라보았다. 동요가 전혀 느껴지지 않는 표정이었다. 그래서 더 꼴 보기 싫었다. 거짓말……, 나만 들릴 정도로 작은 소리로 읊조렸다.

그날부터 어쩔 수 없이 예준이와 함께 보내는 시간이 많아졌다. 시간이 갈수록 최예준과 같이 훈련하는 게 더 싫어졌다. 파트너로 함께 트랙을 달릴 때는 한참 앞서가서 내 얼굴을 벌겋게 만들면서, 내가 훈련에 탄력이 붙을 만하면 몸이 불편하다며 보건실로 가거나 심할 땐 재활코치와 병원으로 가 버렸다. 멀쩡해 보이는데 맨날 어디가 그리 아픈지 툭하면 병원행이었다. 훈련 후 샤워도 기다릴 필요 없이 장애인 샤워실에서 여유롭게 혼자 하고, 훈련비도 지원받아 거의 공짜나 마찬가지라고 했다. 온갖 특권은 다 누리는 주제에 약자 코스프레라니. 점점 더 녀석이 싫어져 미칠 지경이었다. 육상부에 갈 때마다 내 얼굴은 다시 회복될까 싶을 정도로 구겨졌다.

코치님은 늘 녀석 걱정이었다. 하긴, 저 녀석이 온 게 우리 학교 육상부나 코치님에게는 나쁠 게 없었다. 나를 제외하고는 대부분 고만고만한 선수만 있는 곳에 스타 선수가 왔으니까. 설마 이러다 주장 자리까지 내주는 건 아니겠지, 이런 생각이 들면 배탈이 난 것처럼 속이 불편해졌다. 내가 저를 싫어하는 걸 모를 리 없을 텐데도 녀석은 아무렇지 않은 듯 굴었고 그 모습에 심사가 뒤틀려 나의 도발은 점점 더 강도를 더해 갔다. 한마디로 악순환이었다.

괜한 심술이 아니었다. 알고 보니 녀석의 의족은 하나가 아니었다. 실제 사람의 다리와 거의 비슷한 일상용 의족과 전학 온 날 차고 온 스포츠용 의족, 이렇게 두 개였다. 그런데 전학 온 그날, 훈련하는 날도 아니면서 굳이 눈에 띄는 스포츠용 의족을 차고 교실에 온 것이다.

왜 그랬을까. 이유야 뻔하다. 상록중 육상부 주장인 데다 상록시에서 가장 빠른 나를 나를 견제한 거다. 그 외에 다른 이유는 떠오르지 않았다. 스포츠용 의족은 마치 사냥감을 향해 달려가는 치타의 단단한 근육처럼 보는 사람을 기가 질리게 만드는 구석이 있었으니까.

하루하루 시간이 흘러갔다. 그간 우리 둘 사이의 신경전은 대개 나의 일방적인 승리로 끝났다. 무슨 생각인지 모르겠지만 최예준이 나에게 맞서지 않아서였다. 그럴수록 녀석을 향한 나의 시선은 1도씩 점점 더 삐딱하게 각을 벌려 갔다.

'각 그리기'를 처음 배울 때가 떠올랐다. 선생님은 각의 중요성을 강조하다 못해 1도만 틀려도 다시 그려 오라고 했다. 겨우 1도 가지고 너무한 거 아니냐며 아이들이 원성을 높이면 선생님은 이렇게 말했다. 사격선수의 조준이 1도만 빗나가도 총알은 과녁을 벗어나고, 설계도에서 1도가 잘못되면 건물이 무너질 수도 있다고.

각도 1도. 그게 육상 기록의 1초처럼 어마어마한 차이라는 걸 그때 알았다. 그렇다면 사람 사이도 마찬가지 아닐까. 벌어진 1도 때문에 나중에는 영영 멀어질 수도 있을 것이다.

하지만 그러거나 말거나 상관없다. 내 주변의 수많은 사람 중 한두 명쯤과 각이 벌어지고 벌어지다 영영 못 만나게 된다 한들 그게 무슨 상관이냐는 말이다. 더구나 그 사람이 최예준이라면.

월요일인 오늘 최예준은 훈련에 늦었다. 학교 수업에는 아예 오지 않았다. 병원에 갔다가 오후에 온다더니 훈련이 거의 다 끝날 때가 되어서야 온 것이다.

부원들이 주섬주섬 가방을 싸고 나도 집에 가려고 준비하는데 최예준이 숨을 헐떡이며 들어왔다. 스포츠용이 아닌, 일상용 의족을 하고서.

“김도윤, 벌써 가려고?”

녀석이 숨을 몰아쉬며 물었다.

“벌써라니? 끝날 시간인데. 간다.”

“조금만 같이 해 주면 안 돼?”

어이가 없어 바라보니 녀석이 다시 말했다.

“며칠 동안 훈련 못 해서 그래. 좀 도와주라.”

“재활코치님이랑 하면 되잖아.”

“오늘 일이 있어서 센터에 들어가셨어. 그리고 재활코치님보다 너랑 하는 게 잘 맞아서.”

무시하고 나가려는데 언제 왔는지 코치님이 곁에 와서는 한 시간만 도와주면 안 되겠냐고 했다. 다른 애들이면 해 줄 수 있다. 최예준에게 시간을 쓰자니 아까울 뿐. 하지만 주장이란 죄로 할 수 없이 가방을 도로 내려놓았다.

심사가 불편해진 나는 턱짓으로 최예준의 의족을 가리키며 물었다.

“그거 차고 하려고?”

“어? 아! 그렇지. 잠시만.”

녀석은 의자에 앉더니 아무렇지 않게 신발을 벗듯 의족을 분리하고 가방에서 스포츠용 의족을 꺼냈다. 그랬다. 예준이의 다리는 붙였다 떼었다 할 수 있는 것이었다.

나도 모르게 눈길이 예준이의 환부로 향했다. 환부를 본 건 처음이었다. 무릎 아래 절단면은 마치 꼭 쥔 아기의 주먹 같았다. 나는 놀란 걸 티 내지 않으려 고개를 돌렸다.

"소켓이라고 불러."

예준이가 스포츠용 의족의 안쪽, 그러니까 절단 부위가 닿는 부분을 일회용 알코올 솜으로 꼼꼼하게 닦으며 툭 던진 말이었다.

"뭐?"

말이 튀어나오는 순간 목에 사레가 들릴 뻔했다. 예준이가 내 속을 알아챈 것 같아 당황스러워서였다.

"다리에 끼우는 이 부분을 소켓이라고 부른다고. 소켓과 닿는 부분의 근육이 움직일 때 미세한 전류가 나오거든. 그걸 감지해서 동작을 도와줘. 그런데 여기 소켓 안쪽 있잖아. 내 살과 직접 닿는 이 부분이 부드러워 보여도 오래 움직이면 어쩔 수 없이 쓸리고 아파. 절단면의 모양도 항상 같은 게 아니라 몸의 상태에 따라 수시로 변하거든. 그런데 이 앱을 설정하면 공기의 주입과 배출을 조절하고 또…… 아무튼 편안하게 해 줘."

달리 뭐라 할 말이 없어서 그냥 가만히 듣고만 있었다. 전혀 모르는 일이었으니까.

우린 스트레칭하고 나서 윗몸일으키기를 했다. 최예준의 두 다리를 두 팔로 감싸 안았다. 의족이 딱딱해서 그쪽을 안은 팔이 불편했다.

처음에는 영혼 없이 숫자를 세었다. 그런데 죽기 살기로 윗몸일으키기 하는 녀석을 계속 보고 있자니 점점 의문이 솟아올랐다. 얘는 도대체 왜 이렇게 열심히 하는 걸까? 이유가 뭐지? 얼마나 욕심이 많으면 최첨단 의족을 단 것도 모자라서 이렇게까지 열심히…….

녀석의 몸동작이 배로 느려진 순간, 나는 결국 궁금한 걸 물었다.

"솔직히 말해 봐. 너 왜 육상 해?"

"왜냐니, 달리, 려고, 육상, 하지."

녀석은 헉헉대면서도 호흡의 리듬을 틈타 짧게 대답하며 운동을 이어 갔다.

"그냥 편하게 살지 왜 힘들게 운동을 해? 유명해지고 싶은 거냐?"

최예준이 갑자기 동작을 멈추었다. 가쁘게 숨을 몰아쉬는 녀석의 얼굴이 너무 가까워 내 얼굴에 입김이 훅 와닿았다. 나는 민망해져서 얼른 팔을 풀고 엉덩이를 뒤로 물렸다.

"나보고 편하게 살라고? '편하게'라. 고통이 뭔지 모르는 네가 이해하기는 힘들겠지."

녀석의 말에 피식 웃음이 새어 나왔다. 예준이의 미간이 살짝 일그러졌다.

"왜 웃어?"

"뭐, 네가 전혀 고통스러워 보이지 않아서?"

"내가 그렇다는데 왜 네 맘대로 생각해?"

"아니, 누가 봐도 그렇잖아. 네 다리를 봐. 어디가 고통스럽다는 건지 나는 도통 모르겠다."

최예준은 벌떡 일어나더니 가방을 챙겨 들었다. 그러더니 나를 노려보며 큰소리로 한마디를 던지고는 밖으로 나가 버렸다.

"야! 그렇게 좋아 보이면 너도 쇠붙이 한번 차고 살아 보지 그래?"

다음 날 바로 코치님께 가서 파트너를 바꿔 달라고 했다. 보기 싫은 걸 넘어 이제 어색해진 최예준의 얼굴을 마주하고 싶지 않았다. 코치님은 한숨을 쉬더니 알겠다고, 오늘까지만 같이 하라고 했다. 내일부터는 꼭 바꾸기로 코치님에게 다시 한번 다짐을 받고 최예준에게 갔다. 마지막으로 할 일을 하기 위해서였다. 그러지 않으면 그동안의 수고조차 아무것도 아닌 게 되니까. 나는 먼 곳을 응시하며 무심히 입을 열었다.

"상체 스트레칭."

나와 최예준은 내 구령에 맞춰 각자 스트레칭을 했다. 어느 정도 상체가 풀리자 내가 신호를 했고 우리는 마주 선 채 상대의 어깨에 손을 얹었다. 그런 다음 허리를 굽히며 서로의 어깨를 눌렀다. 녀석과 몸을 맞대고 있자니 새삼스레 어제의 치욕이 떠올랐다. 또다시 얼굴에 피가 쏠렸다. 도저히 그냥 넘어갈 수가 없었다. 한마디라도 되갚아 주고 싶었다. 상체 스트레칭이 끝난 뒤 결국 나는 마음먹은 걸 하고 말았다.

"다음 하체. 발목부터. 아! 맞다. 너는 왼쪽 발목만 하면 되니까 남는 시간은 쉬어."

유치하다는 건 알지만 그제야 속이 좀 풀리는 기분이었다. 나는 발목 스트레칭 자세를 취하고 구령을 시작했다. 그런데 이상한 느낌이 날아와 등에 꽂혔다. 돌아보니 최예준이 이글거리는 눈으로 나를 노려보고 있었다. 한 대 치기라도 하려는 건가 싶은 순간, 최예준이 천천히 제 다리에서 의족을 뺐다. 너무 놀라 나도 모르게 뒤로 한 발 물러섰다.

최예준은 움찔하는 나를 한참 노려보다가 왼손으로 의족을 들고는 내 눈앞에 바짝 들이댔다. 그런 다음 오른손으로 잔뜩 힘을 주며 의족의 발목을 눌렀다. 발목 스트레칭 시늉을 하는 거였다. 나는 이러지도 저러지도 못한 채 서 있기만 했다.

"야! 최예준!"

벼락같은 소리가 고막을 찢을 듯이 울려 퍼졌다. 송 코치님이었다. 코치님이 그렇게 화내는 건 처음 봤다. 순식간에 모두 얼어붙은 듯 동작을 멈추었고, 체육관에는 밑도 높은 침묵이 천근만근 내려앉았다.

코치님은 우리를 나란히 세워 놓고 나무라기 시작했다. 처음에는 듣고만 있었다. 그러다 어느 순간, 참지 못하고 코치님에게 대들었다. 잘못한 건 최예준인데 똑같이 취급하는 코치님이 이해되지 않아서였다.

"제가 뭘 잘못했는데요?"

"진짜 넌 잘못이 없어?"

"당연하죠. 먼저 시작한 건 최예준이라고요."

"그럼 예준이가 혼자서 그런 거냐? 넌 내가 모르는 줄 아니? 네가 계속 저 녀석 건드렸잖아. 정말 실망이다. 김도윤. 주장이라는 녀석이."

"그럼 그렇게 아끼는 최예준 주장시키세요! 누가 보면 최예준이 코치님 아들인 줄 알겠어요. 저도 차라리 사고라도 나서 로봇 다리 차고 싶네요. 장애인이라고 배려도 받고, 기록도 좋아지고 일석이조일 텐데."

정신없이 소리친 뒤에 나는 아차 싶었다. 아무리 화가 나도 해서는 안 되는 말이었다. 하지만 이미 뱉은 말을 주워 담을 수는 없었다. 그래도…… 이런 벌은 좀 심하다.

잠시 후 최예준과 나는 숨이 턱까지 차오른 채 운동장을 달렸다. 우리가 받은 벌은 나란히 서서 운동장 50바퀴 돌기였다. 코치님은 계속 우리를 지켜보며 한 바퀴씩 야무지게 카운트했다. 봐줄 생각이 전혀 없어 보였다.

힘든 것보다 화가 나서 미칠 지경이었다. 최예준의 미친 짓 때문에 왜 나까지 벌을 받아야 하는지 이해가 되지 않았다. 녀석과 같은 취급을 받는 것도 모자라 나란히 뛰라니. 코치님은 그러면 우리가 반성하고 화해라도 할 줄 아는 걸까?

절반쯤 돌았을 때였다. 최예준이 코치님에게 가서 뭐라 이야기하더니 나에게 와서 잠깐 쉬자고 했다. 무슨 수를 쓴 건지는 몰랐지만, 상관없었다. 심장이 곧 터질 것만 같았으니까.

벤치에 털썩 주저앉아 호흡을 진정시켰다. 그러고는 쉴 새 없이 쏟아지는 땀을 스포츠 타월로 닦는데 최예준이 내 옆에 와서 앉았다.

"배터리 충전해야 한다고 핑계 댔어. 나는 아직 더 뛸 수 있는데, 너 너무 힘들어 보여서. 너랑 같이 뛰라고 하셨으니까 충전할 때 너도 쉬어야 한다고 했어."

끝까지 사람을 무시하나 싶어 자리를 옮기려 일어서는데 녀석이 다시 말했다.

"쉴 때도 떨어져 있지 말고 같이 있으래. 안 그럼 열 바퀴 추가래."

할 수 없이 도로 벤치에 털썩 주저앉았다. 최예준은 로봇 의족을 분리하고 충전 케이블을 연결하면서 나보고 들으란 듯 떠들었다.

"충전을 잊으면 안 돼. 배터리가 바닥나면 아무리 가볍게 만들었다고 해도 아프고 거추장스럽거든. 금속으로 만든 혹이 되는 셈이니까. 교통사고가 원인이긴 한데, 사고로 생긴 골수염이 심해졌어. 그래도 이렇게 절단까지 하게 될 줄은 몰랐지."

어울리지 않는 순간의 느닷없는 고백이었다. 그래도 조금 놀랐다. 절단이 골수염 때문인 건 몰랐으니까. 하지만 그게 나랑 무슨 상관이람.

"아, 어쩌라고."

저절로 퉁명스러운 핀잔이 튀어나왔다. 그렇게 어색한 순간을 넘기려 하는데 또 다른 고백이 날아왔다.

"우리 집 부자 아니야."

"누가 뭐래? 그래서 뭐!"

"절단 수술하고 일상용 로봇 의족 얘기가 나왔을 때 가격을 듣고 바로 단념했어. 너무 비싸서 우리 집 형편으로는 어림도 없었거든. 불편해도 구식 의족을 쓰기로 했지. 그런데 증강인간센터에서 지원해 주겠다고 제안이 온 거야. 그것도 일상용이랑 스포츠용 둘 다. 청소년기라 성장에 따라 의족을 몇 번 바꿔야 하는데 말이지. 대신 임상 실험이나 인터뷰, 방송 출연도 필요하면 해야 한다는 게 계약 조건에 있었지만 그게 대수냐. 나중에 알고 보니 송 코치님이 계속 센터를 찾아가 애써 주셨던 거더라고. 있지, 나 센터 지원이 정말 꼭 필요해. 선수로 뛰지 않으면, 평범한 사람처럼 걸을 수도 없는 처지거든."

이렇게 훅 치고 들어오다니. 나는 할 말을 잃었다. 왜 우리 학교로 오게 되었는지 알 것 같았다. 코치님이 아까 왜 그렇게 화를 냈는지도.

"몇 년간 극심한 고통을 겪으면서 극단적인 생각도 많이 했어. 정말이지 너무 아프면, 그냥 죽고 싶다는 생각밖에 안 들거든. 도대체 내가 무슨 잘못을 해서 이런 벌을 받나 싶었지. 진통제 없이는 잠들 수 없는 밤을 알아? 정말 끔찍해. 그런데 조금 살 만해지니까 이런 생각이 들더라. 나만 아픈 게 아니라 내 주위 모든 사람이 아프구나. 부모님과 코치님이 나보다 더 아프고 고통스러워 보였어. 내가 아프면 열 배로 더 아파하는 사람들을 위해 얼른 낫고 힘을 내야겠더라고."

덤덤한 말에 내 심장이 조금씩 요동쳤다. 아까와는 다른 공기가 우리 주변을 흐르기 시작했다.

"이제는 이게 내 진짜 몸이 아니라는 걸 종종 잊어. 때론 살을 짓무르게 하는데도 꼭 태어났을 때부터 함께였던 것 같아. 남들이 나를 어떻게 보든 상관없어. 원래 다리만은 못해도 이건, 내 두 번째 다리야. 나를 걷고 달릴 수 있게 해 주니까. 난 달리는 게 너무 좋아!"

녀석은 진심이었다. 이렇게 말하게 되기까지 많은 아픔을 참아 냈다는 투정이, 차가운 금속 덩어리에 온기를 불어넣기 위해 같은 동작을 수없이 반복했다는 호소가, 녀석의 말에 숨어 있었다.

실은 얼마 전에 들어서 알고 있었다. 예준이가 우리 학교에 오기 전까지 받은 특수 훈련이 얼마나 고되었는지 말이다. 코치님이 교장 선생님에게 한 말을 우연히 들었다. 한쪽 다리에만 로봇 의족을 차면 그 의족만 월등히 뛰어난 성능을 발휘하게 둘 수 없다, 양다리의 균형이 맞지 않으면 그 성능은 오히려 선수에게 방해가 될 뿐이다, 그래서 예준이가 그 균형을 찾기까지 죽도록 노력했다는 말을. 사고 전에도 예준이는 전국에서 모르는 애가 없는 뛰어난 선수였다. 로봇 의족을 차든 그렇지 않든, 녀석은 이미 훌륭한 선수다. 내가 인정하기 싫었을 뿐.

예준이가 아니더라도 곳곳에 나보다 뛰어나면서 노력까지 하는 선수들이 많다. 하지만 나는 비겁하게도 미지의 누군가 대신 눈앞의 최예준을 탓했다. 이렇게 재수 없는 녀석이 나만큼이나 달리기를 좋아하는 것 같아 짜증이 났으니까. 그래서 그랬다. 녀석을 부정하고 깎아내리고 싶었다. 그렇게 하면 내 부족함이 묻힐 것 같았다.

조금씩 가라앉던 얼굴의 열기가 다시 오르기 시작했다. 외면하던 속마음과 마주하고 난 부끄러움 때문이었다. 아픈 사람이 가족을 어떤 고통으로 끌고 들어가는지 나도 겪어 봐서 안다고 말하면 부끄러움이 좀 가실 것도 같았다. 하지만 그보다 먼저 집으로 달려가 누워 있는 아빠에게 이렇게 말하고 싶었다.

인생은 영화처럼 불완전하고 우리는 항상 그 불완전함을 사랑하면서 살아간다고 아빠가 말하지 않았느냐고. 아빠가 실패한 건 맞지만, 아빠의 아이디어를 훔쳐 간 사람은 어쩌면 더 실패한 사람이라고. 내가 아는 어떤 대놓고 불완전한 애는 자신의 나머지 몸과 가족을 위해 기계를 몸으로 받아들이려 한다고. 그러니 아빠도 이제 그만 불완전한 자신을 사랑해 보는 게 어떻겠냐고.

나는 자리에서 벌떡 일어나 운동장을 다시 달렸다.

다음 날 예준이는 학교에 오지 않았다. 센터에 들어가 이런 저런 실험을 하고, 치료도 받아야 한다고 했다. 체육관에 가니 코치님이 다가와 말했다.

"오늘부터는 윤영이랑 파트너 해라. 그리고 예준이가 훈련할 때 잘 맞춰 줘서 고맙다고 전해 달래."

나는 쓰게 웃었다.

"웬 착한 척이래요."

"착한 척이 아니라 진짜로 그렇다는 거야. 우리 육상부에서 예준이랑 상대할 만한 애가 너밖에 더 있냐? 오랜만에 트랙에 선 데다가 또래랑 함께라 훈련이 그렇게 좋았다더라. 어쩐지 무리를 하더라니."

코치님이 몸을 돌려 가다가 다시 내게로 와서 말했다.

"예준이 너무 미워하지 마라. 웃고 다녀도 진짜 고생 많이 했고, 죽겠다던 녀석이 간신히 마음 잡은 거니까."

며칠 후 예준이가 돌아왔다. 얼마 남지 않은 전국청소년육상대회를 대비해 트랙에서 실전처럼 기록을 재는 날이었다. 몸을 풀며 호흡을 고르는데 최예준이 내 옆으로 다가왔다.

"김도윤, 잘 지냈어?"

먼저 인사를 건네는 녀석에게 반가운 마음이 불쑥 솟았다. 그런데 한편으론 이상하게 긴장되어 다시 몸을 풀어야 할 판이었다.

"어? 그렇지 뭐."

녀석은 잠시 후 뜬금없는 질문을 던졌다.

"너는 나를 장애인이라고 생각해?"

"그야…… 다리 하나가 없으니까."

"그럼 내가 이 의족을 내 몸이 아니라고 의식하지 못한다면, 나는 장애인이 아닌 게 되나?"

도대체 뭐 하자는 걸까 이해가 되지 않아 퉁명스레 대꾸했다.

"야! 장애인이든 아니든 그게 무슨 상관이냐. 네가 나보다 더 강하고 빠른데."

내 말에 최예준이 웃으며 대답했다.

"그럴 줄 알았어. 그래서 네가 편했어."

"뭐?"

"나를 내 상태 그대로, 네 상대로 인정하는 것 같아서 좋았다고. 안쓰러운 눈으로 보지도 않고 날 라이벌로 대해 줬잖아."

이 자식이 지금 뭐라는 거지? 의아한 내 눈을 보고 최예준이 다시 물었다.

"전에 나보고 육상 왜 하냐고 물었지? 나도 궁금해. 너는 왜 달려? 네가 달리는 이유가 뭐야? 트랙에 서는 이유."

내가 왜 달리냐고? 현실을 잊을 수 있어 시작한 육상이었지만, 점점 내 몸을 스치는 바람과 달리고 나면 요동치는 심장을 느끼는 순간이 좋아졌다. 남들보다 빠르다는 우쭐한 기분도 나쁘지 않았다. 달리는 날 보고 멋지다고 말해 주는 애들이 늘어나는 것도. 그런 것도 시시하게 느껴질 때쯤, 다른 이유가 생겼다. 달리는 순간이 가장 나를 빛나게 하고, 나답게 한다는 걸 알아 버린 것이다. 그리고 남들에게 말하지 못하는 또 하나의 이유, 아빠가 회복하길 바라서다.

"야. 낯간지러운 소리는 됐고. 하나만 물어보자."

"뭔데?"

"너 전학 온 날 왜 스포츠 의족 차고 왔냐? 나 기죽이려고 그런 거야?"

예준이가 잠시 뜸을 들이다 옅은 미소를 머금고 말했다.

"센터가 아닌 학교 트랙은 몇 년 만이었거든. 보자마자 참을 수가 없어서 미친 듯이 달렸어. 정신 차리고 보니 시간이 훌쩍 지났더라. 갈아 끼울 새가 없어서 그대로 교실로 들어간 거야."

가만히 생각해 보았다. 아마 내가 최예준이라도 그랬겠지.

예준이가 먼저 몸을 일으켰다.

"주장, 우리 오늘 진짜로 달려 보자."

성큼성큼 걷는 녀석의 등을 바라보며 나도 따라 걸었다. 나를 주장이라고 부른 건 지금이 처음이었던가, 아니면 전에도?

심장이 빠르게 뛰기 시작했다. 나는 벌어졌던 내 시선의 각도가 어느새 좁혀졌다는 걸 깨달았다.

그때였다. 이걸 환상이라고 불러야 할지 모르겠다. 영화를 보는 것 같기도 했다. 분명, 예준이의 다리가 서서히 변하고 있었다. 눈을 한번 비비고 다시 봐도 마찬가지였다. 더는 예준이의 다리가 로봇으로 보이지 않았다. 그건 금속도, 어느 무엇도 아닌, 그냥 예준이의 다리. 나처럼 경기를 앞두고 가슴이 부푼 한 육상선수의 다리였다.

전국청소년육상대회 예선 날이 되었다. 하늘이 끝 모를 만큼 짙게 푸르렀다. 기온과 습도도 딱 적당한 정도로 상쾌했다. 가을이 성큼 다가온 아름답고 좋은 날이었다. 장내에 아나운서의 목소리가 울려 퍼졌다.

"여러분은 지금 우리나라 중등부 경기 최초로 장애인, 비장애인으로 규정되지 않고 그저 묵묵히 노력한 한 인간으로서 서 있는 이들을 보고 계십니다. 오늘 선수들은 같은 꿈을 향한 열정을 우리에게 보여 줄 것입니다."

관중석에서 박수갈채가 쏟아졌다. 그리고 저 관중 속에서 엄마와 오랜만에 밖에 나온 아빠도 나를 지켜보고 있다. 잠시 후 출발선에 다채로운 선수들이 나란히 섰다. 누군가 보낸 응원처럼 어디선가 시원한 바람이 한 자락 불어왔다. 모두 가볍게 몸을 풀었다. 움직일 때마다 예준이의 두 번째 다리가 햇빛을 받아 반짝였다.

나는 스타팅 자세를 취했다. 그리고 스파이크화에 밀착되는 트랙의 느낌과 두 다리에 집중했다. 내 단단한 근육이, 온몸에 퍼진 신경과 붉은 피가, 어디에도 얽매이지 않고 마음껏 달릴 준비가 되어 있었다.

이윽고 신호가 울렸다. 나는 지면을 힘차게 박차며 앞으로 나아갔다. 순식간에 온몸의 근육이 팽팽하게 부풀고 심장이 쿵쿵 뛰었다. 햇살이 점점 빠르게 화살처럼 내리꽂혔다.

어느새 머릿속이 텅 비워졌다. 결승선 외에는 아무것도 보이지 않았고 내 거친 숨소리만 들렸다. 발끝에서부터 시작된 충만함이 머리끝까지 나를 가득 채웠다.

중력은 더 이상 방해물이 아니다. 아! 이러니 달리지 않을 수가 없다.

나는 달리고 있다. 예준이도 함께 달리고 있다. 내 생애 가장 멋진 영화의 한 장면이었다. 러닝 타임은 우리가 만난 그때부터다.

미수장례

남해 할아버지 농장에는 유자꽃 향기를 따라 봄이 왔다. 몇 해 전 이곳에 처음 왔을 때도 유자꽃 향기가 가장 먼저 맞아 주었다. 할아버지를 만난 것도, 유자 농장도 처음이라서 그 독특한 향이 유자꽃 향기라는 건 나중에야 알았다. 달콤한 과일 향이 섞인 향기는 은은했지만, 한번 맡으면 절대 잊히지 않을 만큼 긴 여운을 남겼다.

색으로도 봄의 도착을 알 수 있었다. 봄이면 나뭇가지마다 눈이 부시도록 희고 깨끗한 유자꽃이 무리 지어 피어났다. 햇빛을 받을 때마다 순백색 꽃잎이 반짝였기에 멀리서 보면 온통 서리가 소복하게 쌓인 듯했다. 끝으로 갈수록 살짝 말려서 부드러운 곡선을 이루는 꽃잎의 모양새는 단순하면서도 우아하고 섬세했다. 다섯 개의 떡잎이 펼쳐지면서 만개하면 나무마다 별이 다닥다닥 달린 듯했다. 여리게 피어난 그 모습이 너무나 수줍고 순수해서 감히 손끝으로도 건들면 안 될 듯했다.

유자꽃이 피어 있는 기간은 길지 않아서 나는 아쉬운 마음을 달래려 꽃잎에 코를 묻고 향기를 탐닉하곤 했다. 그때마다 할아버지는 이렇게 말했다.

"이 작은 꽃이 자라서 유자가 되고, 유자가 우리의 삶을 이어가게 하지. 그래서 유자꽃 향기는 은은하지만 잊히지 않는 거란다."

유자밭이 있었기에 나는 갑작스러운 부모님의 죽음을 그나마 견딜 수 있었다.

할아버지가 있다는 걸 어렴풋이 알고는 있었지만, 한 번도 만난 적은 없었다. 언젠가 부모님의 대화를 엿듣고 내게 할아버지가 있으며 부모님과 사이가 좋지 않아 연을 끊고 지낸다는 걸 알게 되었다. 그러나 본 적도 없는 할아버지에 대해 나누는 심각한 대화는 어린 내게 전혀 흥미롭지 않았고 이내 잊혔다. 오래된 책장 속 먼지 낀 책처럼 존재하기는 했으나 결코 펼쳐 보지 않을 이야기와 같았다.

할아버지와 부모님은 악연이었다. 다른 말로는 달리 설명할 도리가 없다. 할아버지에게 깊은 상처를 입은 아빠는 결혼식에도 할아버지를 초대하지 않았다. 그러다 십수 년이 지나고서야 다시 만나기로 마음먹었다. 얼마나 힘든 결심 끝에 떠난 길이었을까. 그러나 아빠는 끝내 할아버지를 만나지 못했다. 터널에서 일어난 사고로 엄마와 함께 세상을 떠나고 만 것이다.

집에 혼자 남아 있던 나는 경찰서에서 걸려 온 전화를 받고 귓속에서 삐, 하는 사이렌 소리를 들었다. 지구의 자전이 멈춘 듯한 기분마저 느꼈다. 병원에 가는 내내 이건 사실이 아닐 거라고, 사실일 리가 없다고 생각했다. 하지만 하얀 천을 덮은 두 구의 시체 그리고 천 밖으로 떨구어진 엄마 아빠의 손을 본 순간, 사이렌 소리가 사라지고 세상은 온통 침묵 속에 잠겼다. 큰 일이 한꺼번에 닥치자 오히려 울음조차 나오지 않았다. 대신 안으로 파고든 깊은 절망은 마음속에 지워지지 않을 상흔을 남겼다.

종종 그날의 꿈을 꾸었다. 시작은 늘 같았다. 흰 천이 덮인 두 대의 이동 침대 밖으로 툭 떨어진 엄마와 아빠의 손이 보인다. 어서 가서 저 손을 잡으라고, 엄마와 아빠의 손을 잡을 수 있는 마지막 기회라고 내 마음이 말한다. 하지만 갈 수가 없다. 누군가 와서 두 대의 침대를 어디론가 끌고 가지만 온몸이 굳어 쫓아가지 못한다. 꿈에서조차 작별 인사를 나누지 못하고 또다시 그렇게 보내 버리는 것이다. 그러니까 할아버지만 아니었다면, 나는 부모님을 잃지 않았을 것이다. 중학교 2학년 때 그렇게 나는 혼자가 되었다.

부모님의 죽음이라는 아픔을 추스르기도 전에 남과 다를 바 없는, 아니 남보다 못한 할아버지와 살아야 하는 건 쉽지 않은 일이었다. 하지만 할아버지에게 가는 것 말고 내게 다른 선택지는 없었다.

할아버지의 아담한 집은 유자 농장 입구에 있었다. 어딘가에 아직도 농사를 짓는 사람들이 있다는 걸 알고는 있었다. 그러나 내가 농부의 집에 살게 될 거라고는 상상해 본 적도 없었다.

“아무리 과학이 발전했어도 먹지 않고는 살 수 없지. 유자차를 좋아하는 사람은 어디에나 있고. 안 그러냐?”

남해에 도착해 유자밭을 휘둘러보는 내게 할아버지가 한 말이었다. 나는 대답하지 않았다. 어쩔 수 없이 왔지만, 할아버지에게 곁을 내줄 생각이 전혀 없었으니까.

유자 농장은 인공지능으로 운영되는 스마트팜이었다. 할아버지는 수시로 고글을 착용했다. 그것으로 유자나무의 생육 상태, 토양의 수분 함량, 기후 변화 등을 실시간으로 확인하여 최적의 성장 조건을 유지할 수 있었다. 나무는 수백 개의 정밀 센서에 의해 관리되었는데 이 센서들이 각 나무의 건강 상태를 즉각적으로 보고했다.

할아버지 집에는 나와 할아버지 말고도 식구가 하나 더 있었다. 농사 로봇 Agrobot-X7이었다. 할아버지는 그냥 편하게 ‘아그’라고 부르라 했다. 할아버지가 “아그야, 아그 어디 있냐?” 하고 부르는 소리는 꼭 아기를 대하는 것처럼 다정했다. 로봇과 얘기할 일도 없었지만, 할아버지 말을 들을 생각은 더더욱 없었기에 로봇의 이름 같은 건 부르지 않았다. 오히려 화가 났다. 로봇에게조차 다정하게 구는 사람이 마음 여린 아빠에게는 왜 그리 박하게 대했던 걸까.

아그는 오래된 모델이지만 자율주행 시스템을 갖추고 있어서 농장 전체를 스스로 돌아다니며 관리했다. 긴 팔에 달린 손끝으로 나무의 가지를 살폈고, 손상되었거나 병충해가 의심되는 잎은 즉시 제거했다. 로봇 팔 끝에 부착된 미세한 칼날로 가지를 다듬기도 했다. 아그는 유자나무 사이에서 꽤 유연한 동작으로 일했다.

아그가 가장 빛나는 건 수확철이었다. 유자가 익기 시작하면 아그의 고해상도 카메라와 분석 알고리즘이 각 과일의 성숙도를 평가했다. 아그의 수확 팔은 잘 익은 유자가 손상되지 않도록 조심스럽고도 부드럽게 움직였다. 수확된 유자는 아그의 내부 저장 공간에 담겼다가 드론으로 스마트팜 중앙 저장소에 옮겨졌다.

아그보다 성능이 우수한 신제품이 몇 번이나 나왔다는데 할아버지는 오래된 로봇을 바꾸려 하지 않았다. 농촌진흥청 직원이 와서 새 로봇을 장만하면 정부 지원금이 얼마이고 어떤 혜택이 주어지는지, 한참 전에 단종된 아그에게 들어갈 수리비가 앞으로 얼마나 커질지 말해 주어도 소용없었다. 할아버지는 오랜 세월 곁을 지켜 준 아그가 가족이나 마찬가지라 했다.

"하……. 어르신. 오래된 로봇을 계속 사용하는 게 얼마나 위험한지 아시잖아요. 로봇도 기계일 뿐이에요. 부품도 마모되고 점점 더 복잡해지는 데이터 처리를 하다 보면 결국에는 불안정해집니다. 데이터가 과거의 방식으로 문제를 처리하려다 비정상적인 오류를 일으킬 수 있어요. 오래된 알고리즘이 예측할 수 없는 행동을 불러올 수도 있고요. 올해 안에 강제로 수거할 테니 그렇게 아세요."

"오래됐건 아니건 왜 자네가 마음대로 가져가니 마니 해? 내가 알아서 할 테니 어서 가!"

직원의 경고에도 아랑곳없이 할아버지가 단호한 목소리로 그를 돌려보낼 때 나는 아빠를 생각했다. 저 고집스러운 노인이 아빠를 얼마나 힘들게 했을까. 그런 생각이 드는 날이면 이틀이고 사흘이고 할아버지의 말에 대꾸조차 하지 않았다. 마치 투명인간을 대하는 것처럼. 내가 할 수 있는 건 그런 것뿐이었다. 미성년자라는 건, 아직 자신을 돌볼 능력이 없다는 건, 싫은 사람을 참아 내야 한다는 뜻이기도 했으니까. 할아버지는 내가 홀로 설 수 있을 때까지 엄마 아빠의 의무를 대신해 줄 법적대리인이었다. 나는 매 순간 어른이 되면 바로 이곳을 떠나겠다고 다짐했다.

노을이 질 때면 농장 뒤편의 언덕으로 갔다. 처음엔 혼자 있을 피난처를 찾다 그곳에 올랐다. 그러다 점점 그곳을 사랑하게 되었다. 언덕 위에서는 남해의 짙푸른 바다와 보랏빛의 거대한 구름, 신비로운 노을이 한눈에 들어왔다. 고깃배들이 하나둘 불을 밝히면 나는 먼바다에서 눈을 떼지 못했다. 불빛이 꼭 하늘에서 바다로 떨어진 별무리 같아서 가만히 보고 있노라면 벅차올라 숨이 막힐 지경이었다. 눈앞에 펼쳐진 장면이 세상의 전부이고 다른 곳은 지구에서 모두 사라진 것처럼 느껴지기도 했다. 내가 살던 곳에서는 상상도 못 해 본 광경이었다. 그 비현실적인 풍경은 사춘기의 불안과 할아버지에 대한 미움과 혼자라는 외로움을 달래 주었다.

노을이 형용할 수 없는 색으로 시시각각 하늘을 물들일 때, 유난히 보석처럼 밝은 별 하나가 서쪽 하늘에서 빛났다. 금성이었다.

금성은 별이 아닌 행성이지만 나는 반짝이는 금성을 별이라고 부르며 사진을 찍었다. 그러나 눈으로 보는 것과는 결코 비교할 수가 없어 별은 사진이 아니라 마음에 담아야 한다는 걸 누가 알려 주지 않아도 알게 되었다.

여명이 밝아 올 때 별이 희미해지는 것처럼 언젠가는 이 아픔도, 외로움도 희미해지면 좋겠다고 생각했다. 그렇지만 할아버지에 대한 미움은 희미해지지 않길 바랐다. 엄마 아빠에게 너무 미안할 것 같아서였다. 그래도 나는 초저녁의 금성을 눈과 마음에 담았다. 원해서 온 곳은 아니었지만, 이 시간과 공간은 사랑할 수밖에 없다고 생각하면서.

그날도 여느 때처럼 혼자 노을을 보러 언덕에 올랐는데 어느샌가 할아버지가 다가왔다.

"아주 예전에 이곳 남해에는 '미수장례'라는 독특한 풍습이 있었다."

나의 묵묵부답에도 할아버지는 계속 말을 이었다.

"미수라는 말은 '아직 치르지 않은'이라는 뜻이야. 그러니까 살아 있을 때 미리 장례식을 치르는 거야. 죽기 전에 가족들이 다 모여서 장례를 준비하고, 그 사람 앞에서 장례식을 하는 거지. 살아 있을 때 미리 장례를 치르면서 다시 한번 삶을 되돌아보고 가족들은 마지막으로 존경과 사랑을 표현하며 작별 인사를 할 수 있었단다. 죽음이 갑작스러운 것이 아니라 미리 준비하고 받아들이는 자연스러운 과정이 되도록. 마지막 순간까지 가족과 함께할 수 있어서 큰 위로가 되기도 했겠고, 서로 중요한 시간이었을 거야. 옛날엔 이런 풍습이 흔했다고 해. 가족들이 다 모여서 밥도 먹고, 술도 나누는 삶의 마지막 잔치였지."

어쩌자는 말인지 점점 참을 수가 없었다. 결국, 뒤틀린 심사만큼 꼬인 말이 튀어나왔다.

"엄마 아빠는 그렇게 죽었는데, 할아버지는 잔치라도 벌이고 싶으신가 봐요?"

"아니, 그게 아니라, 얘야."

"할아버지 때문에 엄마 아빠가 죽었잖아요. 그런데 뭐라고요? 삶의 마지막 잔치? 별걸 다 누리려고 하시네요."

실컷 쏘아붙이고 나서 나는 입을 굳게 다물었고 할아버지는 얼마간 내 주변을 서성였다. 무언가 할 말이 있는 듯했다. 하지만 나는 들을 생각이 전혀 없다는 뜻을 온몸으로 내뿜었다. 마침내 할아버지는 쓸쓸한 등을 보이며 언덕을 내려갔다.

학교를 마치고 집으로 왔을 때였다. 눈앞에서 벌어지는 광경에 눈과 입이 동시에 벌어졌다. 부자연스럽게 몸체가 뒤틀린 아그가 아무것이나 무참히 부수고 있었다. 아그의 가슴에 달린 번쩍거리는 붉은 경고등은 경찰차의 경광등처럼 심장을 두근거리게 했다. 할아버지는 "그만해! 아그!"라고 외치며 로봇에게 달려들었다. 그건 어리석은 짓이었다. 사람이 아닌데 사람 취급한다고 오류 난 로봇이 알아서 멈출 리가 없으니까.

갑자기 아그가 방향을 바꾸었다. 아그는 사방으로 내달리다가 어느 순간 내게로 방향을 틀었다. 그러고는 날카로운 소리를 내며 팔을 휘두르면서 빠르게 달려왔다. 피하려 했지만, 너무 놀라 몸이 굳어 말을 듣지 않았다. 보통 칼보다 날카로운 수확 도구가 달린 팔이 위협적으로 나를 내려치는 순간이었다. 무언가가 내 앞을 가로막았다.

"할아버지!"

늙고 구부정한 할아버지가 막아선 것이었다. 그와 동시에 아그의 팔이 할아버지의 어깨를 강타했다. 강한 충격에 할아버지는 뒤로 밀려났지만, 끝까지 몸을 버티며 넘어지지 않았다. 자신의 몸을 방패 삼아 나와 로봇 사이를 가로막아 선 채로.

"아그, 멈춰라!"

할아버지가 목이 쉬도록 외쳤다. 아니, 명령보다 간절함이 더 짙게 밴 목소리였다. 오랜 세월 함께한 기억 때문일까, 마치 가족을 다독이듯 부드럽게, 그러나 단호하게.

아그의 팔이 흔들리며 또다시 위로 올라갔다. 나는 숨을 멈춘 채 지켜보았다. 할아버지는 왼쪽 어깨에 피를 흘리면서도 바싹 마른 손을 로봇을 향해 길게 뻗었다. 몸으로 아그를 막아내며 아그의 목덜미 근처 작은 패널을 안간힘을 쓰면서 더듬었다. 패널 속에는 수동 종료 스위치가 숨겨져 있었다. 스위치는 아그가 오작동을 일으키거나 긴급 상황에 시스템을 강제로 멈추기 위한 마지막 안전장치였다. 할아버지는 스위치를 쓴 적이 없었다. 얇은 패널을 밀어 올리자 안쪽에 '긴급 종료'라 적힌 빨간색 버튼이 나타났다. 먼지가 얇게 쌓인 버튼에서 세월의 흔적이 느껴졌다.

할아버지가 검지로 버튼을 눌렀다. 그때 난 분명히 보았다. 순간 스쳐 간 할아버지의 망설임을. 곧 '삐—' 하는 기계음이 울리고 아그의 몸체가 격렬하게 진동하더니 점차 느려졌다. 팔이 아래로 천천히 내려가고 경고등이 깜빡이다가 완전히 꺼졌다. 심장이 멈춘 듯 아그는 그대로 정지했다.

사위가 한순간 적막에 휩싸였다. 할아버지는 숨을 몰아쉬며 땀에 젖은 손으로 아그의 차가운 금속 표면을 어루만졌다. 그 손길은 마치 한때 직접 손본 유자나무를 만지듯, 아니 어린아이를 만지듯 조심스러웠다.

"미안하다, 아그. 내 욕심에 널 너무 오래 데리고 있었구나. 이제는 그만 쉬어라."

아그는 끝내 회생하지 못했다. 숨만 쉬는 식물인간처럼 전원만 들어올 뿐 아무 기능을 하지 못했다. 마침내 수명이 다한 것이다.

할아버지의 다친 팔은 나이 때문인지 회복에 오랜 시간이 걸렸고, 내가 대신 농장과 집을 돌봤다. 아무리 자동화되어 있다 하더라도 농장일이나 집안일을 해 본 적이 없기에 할아버지에게 물어볼 일이 많았다. 자연스레 대화가 늘었다.

바쁜 날을 보내던 중에 문득 언덕에 오른 지 오래되었다는 생각이 들었다. 신을 신다 말고 할아버지에게 물었다.

"저…… 같이 산책하실래요?"

할아버지는 미소로 대답을 대신했다.

언덕에 올라서 노을 지는 바다를 바라보다 할아버지에게 물었다.

"전에 미수장례 얘기하신 적 있잖아요. 그걸 하는 사람들은 어떤 마음일까요?"

할아버지가 천천히 입을 열었다.

"어떤 이는 담담하게 받아들이고, 어떤 이는 눈물을 흘리겠지. 하지만 대부분은 자신이 가족들에게 얼마나 소중한지 다시 한번 느낄 거야. 마지막으로 함께하는 시간이니까. 얼마나 축복받은 사람들이냐."

"할아버지는 어때요? 미수장례를 하고 싶으세요?"

"장례식은 주인공이 이 세상에 없는데 치러지는 유일한 행사지. 하지만 죽은 후에 잔치가 다 무슨 소용이겠니. 살아 있을 때 사랑하는 사람들 한 번 더 보고, 한 번 더 안고, 웃으며 작별 인사를 나누고 싶구나. 내 장례식은 슬픔에 잠기는 대신 즐거운 잔치가 되면 좋겠다. 검은 옷 말고 예쁜 옷을 입은 손님들과 같이 춤추고 노래 부르고 싶어."

할아버지가 잠시 뜸을 들이다 말했다.

"몇 년 전 병원에서 치료하기 힘든 암에 걸렸다는 말을 들었다. 생이 얼마 남지 않았다고 하니까 네 아빠부터 생각났지. 미안한 일, 잘못한 일만 떠올랐다. 내가 올라가겠다고 했는데 네 아빠가 환자가 어딜 오냐면서 내려오겠다고 하더라. 그런데 어떻게 그럴 수가 있는지. 곧 죽는다던 나는 몇 년이 지나도 아직 살아 있고, 젊은 네 엄마 아빠는 그렇게 갔어."

할아버지가 고개를 숙였다. 그러나 정말 괴로운 건 바로 나다.

그해, 중학교 2학년 어느 주말 아침에 엄마가 새 옷을 건네며 갈아입으라고 했다. 사춘기 시작 무렵이었고, 부모님의 말이라면 그게 뭐든 신발 속의 모래알처럼 거슬릴 때였다. 늦잠을 자기에도 부족한 토요일 아침부터 먼 길을 떠난다는 말에, 더구나 그 목적지가 한 번도 본 적 없는 할아버지 집이라는 말에 나는 목소리를 높였다.

"엄마 아빠만 가. 내가 모르는 사람을 왜 만나야 하는데."

"모르는 사람이라니. 네 할아버지야."

"지금까지 만난 적도 없는데 왜 갑자기 만난다는 거야."

"그게……. 아무튼 그럴 만하니까 그러는 거야. 할아버지 연세도 많고 이제라도 다시 만나야지. 가족이잖아."

가족? 그때는 차라리 매일 아침 만나는 길고양이를 가족이라고 하는 게 맞겠다고 생각했다. 혈연으로 이어져 있으면 본 적도 없는데 무조건 가족으로 묶여야 하는 걸까? 부모님과 나는 꽤 오래 실랑이를 벌였고 결국 부모님만 남해로 떠났다.

그러나 내가 할아버지 집에 가길 거부한 것은 꼭 그것 때문만은 아니었다. 그날 오후에 친구와 게임을 하기로 약속되어 있던 게 더 큰 이유였다. 천 번도 더 생각했다. 그날 부모님을 따라갔더라면 지금도 엄마 아빠가 살아 있겠지. 고작 게임 때문에 죽지 않았겠지…….

부모님의 죽음이라는 커다란 슬픔 앞에서 우리는 오랫동안 각자의 죄책감 때문에 가까워지지 못했다.

내가 아무 말이 없자 할아버지가 다시 입을 열었다.

"나를 미워해도 괜찮다. 하지만 죽음을 너무 두렵게만 생각하지는 말거라. 죽음은 누구나 겪는 삶의 한 과정이야. 죽음이 있기에 삶의 매 순간이 더욱 빛나고 소중하다는 걸 깨닫게 되잖니. 죽음이 없다면 무한한 시간 속에서 삶의 의미와 목적을 찾기도 어려울 거야. 얘야, 죽음이 끝이라고 생각하지 마라. 난 비록 몸이 사라져도 또 다른 형태로 우리의 존재가 이어질 거라 믿어. 만약 영원히 무로 돌아간다면 그것 또한 나쁘지 않겠지."

할아버지의 부드러운 목소리가 상냥한 초저녁 바람에 녹아들었다. 은은한 유자꽃 향기와 뒤섞인 바다 내음이 코끝을 스치는 순간에.

곧 하늘에 별이 반짝였다. 해 질 녘에 빛나는 금성은 태백성이라 부르는데 금성이 태양보다 동쪽에 위치할 때 보였다. 금성이 태양보다 서쪽에 있을 때는 새벽에 빛나고 이 별을 샛별이라 한다. 그러나 그때는 저녁에 금성이 보이는 시기가 아니었다. 보고 있노라니 어쩐지 별은 평소와 조금 달랐다. 하늘을 가로질러 조금씩 이동하고 있었다. 그리고 시간이 지날수록 희미해지다 어느 순간 사라졌다. 금성이라면 그럴 리가 없었다.

“저건 우주장 로켓이야.”

“우주장 로켓이요?”

“그래. 오늘 발사한다더구나. 유골 일부나 유품을 소형 캡슐에 담아 실어 보내는 우주 장례식이지. 오늘 발사되는 로켓은 심우주로 보내진다지.”

“그럼 영원히 우주를 떠돌게 되나요?”

“지구 저궤도로 방출된 캡슐은 지구 궤도를 돌다가 점차 대기권에 진입해 불타서 소멸되겠지만, 심우주로 보내진다면 아마도 그렇지 않을까?”

나는 검은 우주를 끝없이 떠도는 유골 캡슐을 상상해 보았다. 할아버지는 삶이 유한하기에 의미가 있다고 했다. 그럼 죽음도 그렇지 않을까? 우주를 영원히 떠도는 죽음은 왠지 내키지 않았다. 할아버지가 노을을 보며 다시 말했다.

“그때 네 엄마 아빠를 부른 건 그저 이곳에서 나는 것들로 음식을 만들어 같이 밥 한 끼를 하고 싶었던 것뿐이란다. 어쩌면 식사 한 끼가 잔치보다 더 흥겨운 시간일 수도 있으니.”

밝은 말투와 달리 어쩐지 할아버지의 옆모습은 쓸쓸해 보였다. 인생의 끝자락을 향해 달려가는 이에게 위로가 필요한 것 같아서 나는 가만히 할아버지를 보며 말했다.

“제가 할아버지의 미수장례를 치러 드릴게요.”

내 말에 할아버지가 고개를 돌리더니 웃으며 말했다.

“그러자. 모두 불러서 맛있는 것도 먹고 멋진 옷을 입고 춤을 추는 거야. 아그도 함께.”

“아니요. 제가 바라는 건 그런 게 아니에요.”

나는 가만히 고개를 젓고는 내가 바라는 미수장례에 대해 말했다.

한 달 후, 나와 할아버지는 언덕 위로 올라갔다. 우리는 맛있는 도시락을 잔뜩 준비해서 배낭에 넣었다. 할아버지가 들겠다고 했지만, 나는 배낭을 빼앗다시피 짊어지었다. 할아버지의 마른 등에는 조금의 무게도 얹기 싫었다.

언덕 위에 돗자리를 깔고 나서 우리는 먼바다와 노란 꽃이 핀 듯한 수확철의 유자밭 그리고 노을 지는 자줏빛 하늘을 바라보았다.

잠시 후 초저녁 하늘에 별이 반짝이더니 조금씩 하늘을 가로질렀다. 우주장 로켓이었다. 우리는 로켓에 세 개의 캡슐을 실었다. 하나는 아그의 뇌나 마찬가지인 뉴로 코어 모듈이었다. 모듈에는 복잡한 신경망처럼 설계된 인공지능 회로와 고도로 연결된 프로세서가 들어 있다. 그리고 다른 두 캡슐에는 할아버지와 나의 기억을 추출해 담았다. 분신이나 마찬가지인 디지털화된 우리의 기억은 우주로 날아갈 것이다.

다만 영원히 우주를 떠돌게 하고 싶지는 않았다. 무한한 죽음을 원하지 않았다. 나는 죽음이 유한하기를 바랐다. 우리의 기억은 지구 궤도를 돌다가 점차 대기권에 진입하여 불타 소멸할 것이다. 그렇게 잠시 하늘의 별이 되었다가 마지막은 별똥별로 아름답게 생을 마감할 것이다.

우리의 죽음이 언제 올지 모르지만, 별처럼 아름다울 죽음을 살아서 미리 보는 것, 그것이 내가 원하는 미수장례였다. 아름답게 스러지는 별과 내년에도 다시 피어날 유자꽃을 떠올리면서 나는 계속 이어질 우리의 삶을 생각했다.

은은하지만 잊히지 않는 유자꽃 향기와 푸른 바다 내음이 코끝을 스칠 때, 우리는 하늘을 향해 손을 흔들었다. 아직 살아 있는 나와 할아버지 그리고 아그에게 보내는 마지막 인사였다.

작가의 말

단편소설을 좋아합니다. 간결한 이야기 속에서 깊이를 느끼고 충격적인 반전, 함축적으로 담아 낸 주제를 만날 때와 단편소설에서만 느낄 수 있는 울림과 여운에 젖는 순간을요. 적은 양이지만 강렬하고 깊은 맛을 내는 에스프레소처럼, 짧은 시간에 깊은 감동을 주고 상상과 해석의 여지를 남기는 단편을 만나면 며칠이 즐겁습니다.

살아가면서 우리는 여러 일을 보고, 듣고, 겪습니다.

교사로 일하며 학교폭력 피해자의 상처를 목격했을 때, 타인의 상처가 제게도 깊은 상흔으로 남을 수 있다는 것을 알게 되었습니다. 어떤 사람이 선과 악의 면모를 동시에 드러내는 것을 보고 인간이란 과연 어떤 존재인가 오랫동안 생각하기도 했습니다.

지나간 역사와 아직 오지 않은 미래 그리고 그 시간 속의 사람들에 대해 상상하는 것도 좋아합니다. 내가 살아 보지 못